KB104061

고노스 유키코(鴻巣友季子)

1963년 도쿄 출생. 영문학자이자 언어유희와 독자적인
문체로 명성을 얻은 번역가 야나세 나오키를 사사하고
전문번역가가 되었다. J. M. 쿳시의『추락』, 마거릿
애트우드의『눈먼 암살자』등 영미 문학작품을 60권 이상
번역했고, 에밀리 브론테의『폭풍의 언덕』, 버지니아 울프의
『등대로』, 마거릿 미첼의『바람과 함께 사라지다』등
고전 명작을 새롭게 번역하는 작업에도 힘을 쏟고 있다.
에세이스트로도 활동하며『온몸을 던져 번역하다』,
『번역 교실 첫걸음』,『잉태하는 말』,『지하 와인저장고
구석의 책장』,『숙성되는 이야기들』,『번역 문답』시리즈
등을 썼다.

김단비

중앙대학교 일어일문학과를 졸업하고 현재 전문번역가로
활동하며 일본의 다양한 문학작품과 문화 에세이를
한국에 소개하고 있다. 옮긴 책으로『달의 얼굴』,『그럼에도
일본인은 원전을 선택했다』,『그 남자, 그 여자의 부엌』,
『오로지 먹는 생각』,『도쿄의 부엌』등이 있다.

읽기로서의 번역

읽기로서의 번역

영어 명작소설 깊이 읽는 법

고노스 유키코 지음

김단비 옮김

들어가는 글

—

텍스트를 잘 읽기 위한
방법으로서의 번역

번역이란 무엇일까?

갑작스럽지만, 번역이란 무엇일까요?

문학 번역 수업이나 강좌에서 이렇게 물어보면 여러 가지 대답이 돌아옵니다.

"외국어를 일본어로 똑같이 옮기는 것."

물론 맞는 말입니다.

"원문의 의미뿐 아니라 뉘앙스나 리듬까지 일본어로 표현하는 행위."

수준 높은 대답이군요. 맞습니다. 그 정도는 의식하

고 임해야 번역이라 할 수 있겠죠.

"원문과 견주어 뒤지지 않는 문학성과 표현력을 가진 일본어로 완성하는 것."

아이쿠, 번역자에 대한 요구가 점점 높아지네요. '번역이란 원문과 등가를 이루는 데 그치지 않고 독창성과 비평성, 더 높은 예술성을 가져야 한다'라는 인식이 세계문학계에 퍼져 있습니다. 그렇기만 하다면 더 바랄 게 없겠지요.

방금 예로 든 대답은 전부 번역의 주된 작업이 번역문을 '쓰는' 것이라고 해석한 것 같습니다. 그런데 여러분, 뭐 잊은 것 없나요? 번역문을 쓰기 전에 할 일이 있습니다. 그렇습니다. 원문을 읽는 일입니다. 사실 번역이란 '원문을 읽는' 일의 중요성이 8할이나 9할 정도 차지하는 작업이라고 생각합니다. 단어 하나하나를 번역하려면 단어 하나하나를 정독해 적확하게 해석하지 않으면 안 됩니다.

다시 말해 번역의 대부분은 '읽는' 일이며, 이는 정밀한 독서 혹은 깊은 독서와도 같습니다.

연구자나 평론가는 작품을 읽고 자신의 생각이 담

긴 논문이나 비평을 쓰는데, 번역자도 원문을 읽고 자기 나름대로 해석을 합니다. 번역이란 일종의 비평입니다. 그러나 번역자가 쓰는 건 작품에 대한 논평이 아닙니다. 작품 그 자체입니다. 다른 사람이 쓴 문장을 읽고 인풋하는 데서 그치지 않고 자신의 언어로 아웃풋합니다. 원문의 단어 하나하나를 당신의 독해와 일본어로 통째로 다시 써 내려가는 일입니다. 그러므로 번역이란 '온몸을 던진 독서'라 해도 과언이 아닙니다. 번역은 작품의 당사자, 실천자가 되어 읽는 일입니다. 프랑스의 유명한 번역학자 앙투안 베르만은 "비평이 작품에 끝없이 접근하는 것이라면, 번역은 작품을 체험하는 것이다"라고 말했습니다. '타인의 언어로 사는' 스릴은 정독만으로는 맛볼 수 없는 경지입니다. 성우가 느끼는 희열과 조금 비슷할까요.

더 보태자면 작품의 텍스트(쓰여 있는 문장과 그 내용)를 번역을 통해 '체감'함으로써 잘 이해되는 부분과 이해되지 않는 부분이 보다 명확하게 보이는 효용도 있습니다. 원문이나 번역문을 읽을 때 '왠지 모르게 표현이 거슬린다'거나 '앞뒤가 맞지 않는다'고 생각했던 경험이 있지 않나요? 번역에선 그런 부분도 건너뛸 수 없기 때문에 이해되지 않는 부분도 끝까지 들여다보는 수밖에 없습니다. 또한 영어 문장을 일본어라는 다른 언어로 옮기는 과정에서 작가의 특징적인 문체가 부각되기도 하고, 숨은 의도(빈정거림, 농담 혹은 염려 등)가 드러나기도 하며, 작중 인물이 가진 의외의 성격이 나타나기도 합니다.

저도 『폭풍의 언덕』이나 『바람과 함께 사라지다』 『등대로』 『어셔가의 몰락』을 번역하면서(온몸을 던져 읽으면서) 처음으로 깨달은 사실이 많습니다.

예컨대 발레리나의 움직임과 그것이 표현하는 바를 자세히 관찰해 비평하는 사람이 무용 평론가라면, 발레리나의 움직임과 그 의미를 자세히 관찰해 해석하고 그것도 모자라 함께 춤추는 사람이 번역자입니다. 어떤 우아한 동작을 취할 때 몸의 어느 근육이 팽팽하게 당겨지는지, 관절이 어떤 식으로 구부러지는지, 허리의 어느 부위에 부하가 걸리는지, 춤추는 사람과 똑같지는 않더라도 비슷하게 체험합니다. 수영에 비유하자면 수영선수가 어떻게 헤엄치는지 해설하면서 함께 헤엄치는 셈입니다. 그걸 동시에 하는 게 물리적으로 가능하냐고 생각할지 모르겠지만 사실입니다. 동시에 할 수 없는 일에 무모하게 도전하는 것이 번역이라고 할 수 있습니다.

그러니 힘을 빼고 일단 한번 시도해 봅시다!

영어 독해와 번역의 차이는?

그럼 영어 독해와 번역의 차이는 무엇일까요? 번역 수업 등에서 물어보면 이런 대답이 돌아옵니다.

"번역은 영어 독해처럼 단어 뜻을 풀이하는 수준을 넘어 문장의 의도를 알기 쉽게 전달하는 것이다."

그렇습니다. 영어 단어를 사전에서 찾아 기계적으로 일본어로 바꾸는 것만으로는 부족합니다. 또 다른 차이점은 뭘까요? 이런 대답도 있었습니다.

"번역 중에서도 특히 소설 번역은 전체 흐름을 파악해 인칭 같은 것까지 세심히 고려해야 한다."

인칭대명사의 종류가 유독 많은 일본어에서 특히 어려운 문제입니다. 일인칭만 해도 와타시わたし, 보쿠ぼく, 오레おれ, 와시わし, 와가하이吾輩, 오이라おいら, 아타시あたし, 아치키あちき 등에 사투리나 고어까지 포함하면 헤아릴 수 없이 많습니다.

번역이나 영어 독해나 궁극적으로 해야 할 일은 똑같겠지만, 굳이 '번역'이 아니라 '영어 독해'라고 부를 때는 학습적인 요소가 강조되는 인상이 있습니다. 어떤 것이 위냐 아래냐의 문제가 아니라, 단지 목적이 다르다는 게 첫 번째 차이점입니다. 영어 독해는 주로 수업이나 시험에서 쓰이는 말입니다. 그러므로 '실력 향상' 또는 시험 따위에서 '나는 배운 것을 잘 이해하고 있습니다' 하고 교사나 채점자에게 보여 주는 게 목적입니다. 너무 독창적으로 자유롭게 옮기면 평가하는 쪽도 곤란합니다. 다시 말해 당신과 교사, 당신과 채점자 사이에서 이루어지는 행위입니다. 상대방은 당신의 번역문을 읽긴 하지만 '독자'라기보다는 지도자나 심사자입니다. 여기에는 불특정 다수의 독자가 존재하지 않습니다. 번역과 영어 독해의 두 번째 차이점은 '독자의 유무'입니다.

번역이란 본디 원문을 이해하지 못하는 사람을 위해 존재하는 것이므로 처음부터 '독자, 곧 타인의 눈'을 전제한 표현 행위입니다. 이 세상에는 시나 소설, 회화, 음악, 무용 등 다양한 분야와 형태의 예술적 표현 행위가 존재합니다. 그 대부분은 창작자의 내적 욕구, 즉 내부에서 발생한 표현 욕구에 기반합니다.

그러나 번역은 아무리 예술 분야라 해도 기본적으로 타인의 수요와 눈이 있어야 비로소 존재합니다. 사람과 사람 사이의 '중개'가 본분이기 때문에 항상 '독자에게 전달한다'라는 개념을 염두에 두어야 합니다. 말하자면 서비스업인 셈입니다. 우선 자기가 번역하는 작품을 이해할 필요가 있지만, 자기 혼자서만 이해해서는 안 됩니다. 번역의 목적은 모르는 불특정 다수의 타인에게 번역문을 전달하는 것이니까요.

그리고 세 번째로 큰 차이점은 읽는 사람이 원문을 가지고 있느냐 아니냐입니다. 번역서를 읽는 일반 독자는 곁에 원문을 두지 않습니다. 즉 원문 없이 번역문만으로 독립적이고 완결된 표현을 갖추어야 합니다.

원문을 갖고 있지 않은 누군지 모를 불특정 다수의 타인에게 말을 전달하는 것. 생각보다 어려운 일입니다.

더 좋은 번역을 위해

그럼 더 좋은 번역을 하기 위해 중요한 점은 무엇일까요?

"번역이란 결국에는 일본어 문제다"라거나 "가장

중요한 건 역시 일본어 실력이다"라는 말을 자주 합니다. 그러다 보니 '나는 일본어 어휘력이 부족해서 좋은 번역문을 쓰지 못한다'고 고민하는 사람도 나옵니다.

처음에도 말했지만 번역에서 가장 중요한 건 어떻게 읽느냐입니다. 저는 번역 강좌 같은 데서도 '일본어 실력'이나 '문장력'을 그다지 요구하지 않습니다. 번역에서 그런 것이 도움이 된다면 10할 중 마지막 1할쯤 될 겁니다.

그럼 무엇이 중요하냐고요? 오로지 어학 실력입니다. 어학 실력이란 단지 토익 점수가 얼마인지를 말하는 것만이 아닙니다. 원문의 뜻과 의도를 파악하는 힘입니다. 단어를 많이 안다거나 문법을 정확히 아는 것도 물론 필요합니다. 하지만 중요한 건 다른 문화에 대한 지식, 그보다 더 중요한 건 흥미입니다. 또한 모르는 내용이 나왔을 때의 조사 능력, 그보다 더 중요한 건 찾아보려는 의지입니다. 즉 얼마나 진득하게 작업할 수 있느냐가 관건입니다. 아까도 말했듯이 번역 작업의 9할 정도는 '읽는' 일입니다. 번역에 '정답'은 없지만 '적확한' 번역문은 존재합니다. 적확한 번역을 하려면 우선 적확하게 읽어야 합니다. 좋은 번역자가 되려면 좋은 독자가 되어야 합니다. 바꿔 말해 잘 읽으면 저절로 잘 번역하게 됩니다.

능동적으로 읽는다는 것

번역자도 독자의 한 명이지만, 보통 독자와 다른 점은 다음 독자에게 작품을 전달해야 한다는 것입니다. 요즘 말로 하면 그 책의 '엔드 유저'end user가 아닌 셈이지요. 번역자가 이해한 내용을 다음 독자에게 더욱 효과적으로 전달하려면 어떤 점에 유의해야 할까요.

일본에는 '번역자는 그림자 같은 존재'라는 믿음이 뿌리 깊게 박혀 있습니다. 또 번역자는 텅 빈 '수도관' 같은 존재로, 아무 의도 없이 그 속에 원문을 흐르게 하는 것이 이상적이라는 말도 있는데, 이는 번역자에게 있어 꿈의 경지를 나타내는 일종의 환상에 불과합니다. 번역이 숙련되면 원문의 대화가 일본어로 들리거나 무의식중에 번역문이 떠오르기도 하는데, 이 역시 착각입니다. 번역문은 단어 하나하나까지 전부 우리 뇌가 생각해 낸 것입니다. 당신이라는 '사고 주체'가 없다면 번역문은 절대 나오지 않습니다.

다만 중개자의 존재가 거의 느껴지지 않는 번역을 목표로 노력하는 것은 가능합니다. 번역자는 편향된 주관을 배제하고 작업하는 게 바람직한데, '번역자가 전면에 나오지 않는 것'이 곧 '주체성을 버리는 것'이나 '사고를 멈추는 것'을 의미하지는 않습니다. 편파적인 주관을 빼고 충실하게 번역하기 위해서라도 능동적으로 읽고 원문에 관여해야 합니다. 수동적으로 읽고 기계적으로 글자를 옮기는 번역으로는 독자에게 아무것도 전달할 수 없습니다. 충실하게 옮기고 싶은 번역자일수록 더더욱 원문에 능동적으로 다가가야 합니다. 예컨대 아까도 언급했던 인칭 문제나 언어유희, 미묘한 어조 변화, 아이러니, 원문에 내포된 암시 등 원문이 보내는 '사인'을 읽어 내는 힘이 필요합니다.

그처럼 '읽기'에 공을 들였을 때 좋은 번역문이 탄생합니다.

'번역 독서' 제안

『읽기로서의 번역』은 제가 과거에 진행했던 번역 수업과 강좌를 바탕으로 쓴 것입니다. 하지만 '매끄러운 번역문 쓰기'가 목표는 아닙니다. 유려한 표현이나 문장 수식 기술은 별로 요구하지 않습니다. 가장 큰 목표는 번역의 매력을 몸소 체험하는(그 과정에서 영어 실력까지 늘면 더욱 좋겠지요) 것입니다.

　문학작품을 읽고 독서 모임을 갖거나 연구를 하는 것도 흥미롭고 즐겁겠지만, 이 책에서 제안하는 방법은 '직접 번역해 보기'입니다. 요즘에는 '원서 읽기'라 하여 영어 독해를 통한 책 읽기가 영어 교육 현장에서 많이 이루어지는데, 이 책에서 진행할 독서법에는 '번역 독서'라는 이름을 붙여 보고자 합니다.

　직접 번역하는 게 뭐가 재미있을까? 귀찮고 힘들기만 하지 않을까? 네, 분명 어렵습니다. 하지만 문장을 놓고 고민하는 과정에서만 맛볼 수 있는 묘미가 있습니다. 흔히 '다른 사람에게 가르쳐 보는' 것이 공부에 많은 도움이 된다고 합니다. 그 과정에서 사실은 잘 몰랐던 부분이 드러나고, 그걸 어떻게 제대로 전달할지 고민하는 사이에 이해가 깊어진다는 것입니다. 이 책에서 말하는 '번역 독서'도 비슷합니다. 원문을 읽는 법, 사물을 보는 눈, 거창하게 말해 여러분 스스로 사고방식을 조금이나마 바꿔 보도록 만드는 것이 이 책의 또 다른 목적입니다.

이 책에서는 '번역 독서'의 매력을 최대한 체험할
수 있도록 잘 알려진 10편의 고전 명작을 엄선했습니다.
간단히 설명해 두겠습니다.

1장은 루시 모드 몽고메리의 『빨간 머리 앤』입니
다. 1908년에 발표된 아동문학 명작입니다. 주인공 앤
이 쓰는 말을 자세히 살펴보면 어린아이가 쓰기에는 어
려운 말임을 알 수 있는데, 그것이 인물 설정의 특징을
잘 보여 줍니다. 번역을 통해 앤의 마음속 그늘과 고뇌,
자존심을 엿볼 수 있습니다.

2장은 루이스 캐럴의 『이상한 나라의 앨리스』입니
다. 영국의 수학자가 1865년에 발표한 소설입니다. 번
역이 까다로운 '언어유희'가 많은 게 특징인데, 언어유
희를 번역할 때 뜻과 소리 중 어떤 것을 우선할지 고민
하면서 '번역하다'라는 행위가 본질적으로 어떤 것인지
느껴 볼 수 있을 것입니다.

3장은 에밀리 브론테의 『폭풍의 언덕』입니다.
1847년에 간행된 소설입니다. 세기의 연애소설이라는
틀에 박힌 이미지를 가진 명작의 인칭대명사를 일부러

바꿔 번역해 봄으로써 작품 세계가 완전히 달라지는 과정을 살펴보겠습니다.

4장은 에드거 앨런 포의 『어셔가의 몰락』입니다. 1839년에 발표된 포의 대표작으로, 걸작 고딕소설입니다. 한 문장 한 문장이 매우 길어 읽기 힘든 것이 특징인데, 그 '에둘러 말하는 방식'에 주목하기 바랍니다. 그런 문장을 찬찬히 풀어 보면서 포의 문체가 왜 그렇게 오싹한 분위기를 자아내는지 알아봅시다. 번역을 통해 포의 문장에 숨겨진 '공포의 원천'을 발견할 수 있습니다.

5장은 제롬 데이비드 샐린저의 『호밀밭의 파수꾼』입니다. 1951년에 발표된 이래 청춘소설의 고전으로 전 세계인의 애독서가 된 명작입니다. 소년의 구어체로 쓰인 이 작품에는 사소한 '말버릇'이 많이 나옵니다. 그것을 번역하다 보면 주인공 소년의 뒤틀린 마음과 그늘이 느껴져 말에 담긴 인간 정신의 미묘한 균형을 체험할 수 있습니다.

6장은 조지 버나드 쇼의 『피그말리온』입니다. 1912년에 완성되어 이듬해 오스트리아의 빈에서 초연된 희곡입니다. 영국 계급사회를 풍자하고 여성의 자립을 다룬 작품으로 알려져 있습니다. 꽃 파는 소녀 일라이자가 말하기 훈련을 받고 나서 지나치게 완벽한 영어를 구사하게 되는데, 그 '부자연스러운 영어'를 통해 그녀의 성장과 상실의 슬픔을 이해할 수 있습니다.

7장은 버지니아 울프의 『등대로』입니다. 1927년에 간행된 이 작품은 그 전위적 문체로 모더니즘 문학의 대표작으로 꼽힙니다. 한 인물의 시점에서 그려지다 갑자기 다른 인물의 시점으로 옮겨 가곤 합니다. 여기서는 '털실의 색깔'이 어떻게 보이나 하는 미세한 변화를 통해 울프의 전위적 문체를 체험해 봅시다.

8장은 제인 오스틴의 『오만과 편견』입니다. 1813년에 간행된 장편소설로 '결혼 소설'의 명작이라 알려져 있는데, 당시 영국의 엄격한 계급제도와 그로 인한 등장인물의 계급적·경제적 격차를 상세하고도 짓궂게 그렸습니다. 그 독특한 호칭과 규칙을 이해하면 서로에 대한 동경과 질투, 등장인물의 속마음이 입체적으로 다가올 것입니다.

9장은 그레이엄 그린의 『연애 사건의 종말』입니다. 1951년에 간행된 소설입니다. 삼각관계와 질투 등 스캔들에 관한 내용인데, 그린이 쓴 절묘한 타이밍의 대화를 자세히 들여다보면 한 여자를 둘러싼 남자들의 심리전

이 생생하게 전해집니다.

　10장은 마거릿 미첼의 『바람과 함께 사라지다』입니다. 1936년 간행된 이 작품은 남북전쟁의 종식과 함께 미국 남부의 백인 부유층이 몰락해 가는 과정을 그립니다. 주인공 스칼렛 오하라가 고난의 시절을 꿋꿋하게 이겨 내는 모습이 공감을 불러일으키며 대형 베스트셀러가 되었습니다. 이 작품에서는 화자가 스칼렛에게 다가갔다 멀어졌다 하는 상당히 수준 높은 기법이 사용되었습니다. 화자와 등장인물 사이의 거리감을 가늠하며 작품 속의 다양한 기복을 느끼다 보면 주인공의 고독, 강인함과 연약함, 익살스러움, 마음의 공허 등 다양한 매력을 접할 수 있습니다.

　참고로 번역 학습 수준으로 치면 초중급에서 중급 정도를 기준으로 삼았습니다. 하지만 번역은 첫걸음을 어떻게 내딛는지가 가장 중요한 만큼 학습 수준이 낮다고 해서 결코 등한시할 수는 없습니다.

　자, 이제 함께 '번역 독서'를 체험해 봅시다.

1장

루시 모드 몽고메리, 『빨간 머리 앤』

‖

'거창한 말'을 번역하면
'앤의 그늘'이 보인다

줄거리

앤 셜리는 어린 나이에 부모를 열병으로 잃고 고아가 된다. 셜리 집안에서 가정부로 일하던 토머스 아주머니의 집에 들어가 갖은 고생을 하다 토머스 아저씨가 사고로 죽자 다음에는 해먼드 아주머니의 집에 얹혀살게 된다. 하지만 또다시 해먼드 아저씨가 죽자 고아원에 들어간다. 그렇게 여기저기 전전하던 앤은 남자아이를 입양하려던 매슈와 마릴라 커스버트 남매의 집에 실수로 입양되어 열한 살에 겨우 인간다운 가정환경을 얻는다. 상상력과 독창성이 풍부하지만 매너나 상식을 모르는 앤은 가는 곳마다 소동을 일으킨다. 끔찍이 싫어하는 자신의 빨간 머리를 홍당무라고 놀리는 반 친구 길버트와 앙숙이 되지만, 우등생인 두 사람은 이윽고 서로의 실력을 인정하고 앤은 길버트를 남자로 느끼기 시작한다.

지시문

이번 장에서는 앤이 훗날 절친한 친구가 되는 다이애나를 처음 만나기 전의 장면을 번역해 봅시다. 만남에 대한 기대감 속에서 작품에 거의 나오지 않는 앤의 과거, 즉 앤이 커스버트 남매의 집에 들어오기 전 입양되었던 집안의 모습이 짤막하게 묘사되는 중요한 장면입니다. 원문이 보내는 여러 가지 '사인'을 세심하게 잡아낼 필요가 있습니다.

　조금은 어른인 척하는 소녀의 말투를 살리면서, 반짝이는 꿈과 깊은 불안을 품은 앤의 인물상을 표현해 봅시다.

『빨간 머리 앤』과제문

"Oh, I'm so glad she's pretty. Next to being beautiful oneself — and that's impossible in my case — it would be best to have a beautiful bosom friend. When I lived with Mrs. Thomas she had a bookcase in her sitting room with glass doors. There weren't any books in it; Mrs. Thomas kept her best china and her preserves there — when she had any preserves to keep. One of the doors was broken. Mr. Thomas smashed it one night when he was slightly intoxicated. But the other was whole and I used to pretend that my reflection in it was another little girl who lived in it. I called her Katie Maurice, and we were very intimate. I used to talk to her by the hour, especially on Sunday, and tell her everything. Katie was the comfort and consolation of my life. (8장에서)

요철을 지나치게 다듬지 않는다

들어가는 글에서도 이야기했지만, 원문은 우리에게 여러 가지 사인을 보냅니다. 예컨대 원문의 말투가 점점 드라마틱하고 비통해진다면 그 고조되는 느낌을 살려 번역할 필요가 있습니다. 다만 중요한 점은 비통한 말투가 곧 비극은 아니라는 사실입니다. 실제로 작품 전체에서 보면 그런 장엄한 말투가 익살스럽고 희극적일 때도 있습니다. 5장에서 다룰 『호밀밭의 파수꾼』에는 평이한 구어체 문장 사이에 뜬금없이 "To be, or not to be, that is the question"(사느냐 죽느냐, 그것이 문제로다)이라는 셰익스피어를 흉내 낸 대사가 등장합니다. 이런 생뚱맞은 느낌이 번역문에서도 표현되어야 합니다. 번역 실력이 뛰어난 사람은 문장이 어색하다는 지적을 받을까 봐 이런 부분도 깔끔하게 다듬어 번역하기 쉽습니다. 문장을 정리해 '매끄럽게' 만들고 싶어지는 지점에서 잠깐 멈춰 서기 바랍니다.

그럼 사소한 부분에 숨겨진 앤의 복잡한 심정을 살펴봅시다. '여자로서 자존감이 낮다'라는 말이 있는데, 앤 셜리야말로 백여 년 전의 '자존감 낮은 여자'일지도 모릅니다.

먼저 bosom friend라는 말이 눈길을 끕니다. 번역가 무라오카 하나코의 생애를 그린 아침연속극 『하나코와 앤』(2014)에서도 이 bosom friend는 두 주인공의 관계를 나타내는 키워드였습니다. 어느 번역 강좌에서는 이런 사례가 있었습니다.

아, 다이애나가 예쁜 애라 다행이에요. 내가 예뻐질 수는 없으니 두 번째로 좋은 건 예쁜 애랑 친한 친구가 되는 거죠.

'친한 친구'는 열한 살짜리 여자아이가 쓸 법한 말이지요. 그것을 염두에 두고 번역한 것으로 보입니다. 그런데 잠깐 생각해 볼까요.

여러분은 bosom friend라는 영어 표현을 자주 보거나 즐겨 쓰나요? bosom은 '가슴'이라는 의미인데, 현대에는 특히 '여성의 버스트'를 뜻합니다. 어원사전에 따르면 bosom friend는 1580년대부터 '막역한 친구'라는 의미로 쓰였다고 하니 역사가 긴 옛날식 표현이라 할 수 있습니다. 지금 쓰기엔 꽤 예스러운 느낌인데,

bosom이란 단어는 『빨간 머리 앤』이 쓰인 20세기 초에도 breast, chest, bust 등에 비해 고풍스러운 인상을 풍기는 말이었습니다(bosom은 원래 서게르만어에서 온 단어로 '흉부, 자궁, 표면, 배의 짐칸' 등을 뜻했음). 그러니 그 후인 다이쇼 시대*에 번역가 무라오카 하나코가 '진정한 벗'이라고 옮긴 건 뉘앙스를 잘 살린 번역이라 생각합니다.

어린 나이에 갑자기 부모를 잃고 여기저기에서 짐짝 취급을 받아 온 앤은 참으로 고독하고 애정과 우정에 굶주려 있었기에 간절하고도 조심스러운 마음으로 그런 것들을 꿈꾸었습니다. 그런 기대와 걱정 속에서 '막역한' 동성 친구를 갖는다는 것에 반짝반짝 빛나는 보물을 접하는 듯한 각별한 동경을 가졌을 겁니다. close friend나 best friend가 아니라 이런 문학적 표현을 썼다는 점에서도 그 특별한 기분이 짐작됩니다.

그러니 이 부분에서는 희망과 불안으로 떨리는 앤의 마음이 은근히 드러나면 좋겠지요. 마음의 벗, 진정한 벗, 마음을 터놓을 수 있는 친구 등 다양하게 번역할 수 있을 것입니다. 중요한 건 앤이 어린아이라고 해서 어린아이가 쓸 법한 표현으로 바꿀 필요는 없다는 사실입니다. 여기에서 앤은 앤답게 조금 어른스러운 말투를

*1912~1926년.(옮긴이)

쓰고 있으니까요.

만취하다? 알딸딸하게 취하다?
앤의 과거가 엿보이는 말

비슷한 예가 토머스 부부의 집에 관해 이야기하는 장면
에도 나옵니다. 살펴보겠습니다. 유리문이 달린 책장이
등장하는데, 이 책장을 어떻게 사용했는지 볼까요.

　　책장인데 책은 한 권도 없고, 아주머니는 제일 좋은 그
　　릇, 그리고 보관해 둘 잼이 있으면 그것도 거기에 넣어
　　두셨어요.

　　책이 없는 집인지 책장을 찬장처럼 쓰고 있습니다.
한쪽 유리가 깨진 것만 봐도 가난하고 조금은 거친 생활
을 했던 것으로 짐작됩니다. 그다음에 smash라는 동사
가 나오는데, 이렇게 서로 다른 뉘앙스의 번역문이 있었
습니다.

a)　　어느 날 밤 토머스 아저씨가 살짝 취해서 부딪히는 바

람에 깨져 버렸어요.

b) 　언젠가 토머스 아주머니의 남편이 잔뜩 취해서는 박살을 내 버렸어요.

같은 원문에서 나온 번역문인데 뜻은 전혀 다릅니다. 술김에 실수로 부딪힌 걸까요, 술을 진탕 마시고 난동을 피운 걸까요?

두 번역문에 나타나는 토머스 아저씨의 취한 정도가 많이 다른데, 원문은 slightly intoxicated입니다. 인사불성으로 취했다는 뜻이 아닌데도 '잔뜩 취해서'나 '곤드레만드레 취해서' 같은 번역어가 드문드문 눈에 띄었습니다. 왜 그럴까 하다, 어쩌면 예전에 일본에서 방영해 인기를 끌었던 『안녕, 앤』이라는 애니메이션의 영향일지도 모른다는 생각이 들었습니다. 앤이 커스버트 남매의 집에 오기 전 생활을 그린 이 애니메이션은 2008년에 『빨간 머리 앤』의 원작 발표 100주년을 맞아 앤 시리즈의 외전 형태로 간행된 버지 윌슨이라는 캐나다 작가의 소설을 원작으로 합니다.

이 애니메이션에서 토머스 아저씨가 술독에 빠져 사는 난봉꾼으로 그려진 탓에 그런 이미지가 퍼졌는지

도 모르겠지만, 적어도 몽고메리가 쓴 『빨간 머리 앤』에
는 그리 구체적인 묘사는 없습니다. 물론 아저씨가 걸
핏하면 술에 취해 때로는 앤에게 심한 말을 했을 것으로
짐작되는 대목이 있고, 앤을 학대했음을 암시하는 구절
도 보입니다. 하지만 번역자에게 중요한 건 말의 이면에
숨은 진실을 파헤치는 것이 아니라, 일단은 이때 앤이
어떻게 말하는지를 충실히 옮기는 것입니다.

    slightly intoxicated이므로 '약간' '조금'이 맞습니
다. intoxicated는 '취한 상태'를 말합니다. 술이나 약
물, 아니면 연애 감정 등 무언가에 빠져 멍한 상태입니
다. 이 표현에서 폭력적이거나 악질적인 느낌은 들지 않
습니다. 술에 취했음을 표현하는 가장 일반적인 단어는
drunk입니다. 알딸딸하게 취한 거라면 tipsy도 있습니
다. 그와 달리 intoxicated는 원래 '독을 타다'라는 뜻의
중세 라틴어에서 유래한 단어입니다. 영어 중에서도 라
틴어에서 유래한 단어는 대체로 관념적이고 추상적이
며 조금은 고상한 분위기를 풍깁니다. 앤의 대사로 하면
'약주를 좀 하셔서' 정도일까요. 어쨌든 '알딸딸한' '술
을 한잔 걸친' '술기운이 약간 오른' 정도의 상태입니다.

    여기서 앤이 토머스 아저씨를 '유리를 깨부수는 주

정뱅이 영감'으로 표현하고자 했다면 slightly intoxi-cated라는 품위 있는 표현을 쓰진 않았을 겁니다. terri-bly drunk 등으로 다르게 표현했겠죠. 다시 말하지만 번역자에게 중요한 건 글에 나타나지 않은 아저씨의 실상을 파헤치는 게 아니라 등장인물이나 화자가 제시하는 아저씨의 모습을 있는 그대로 독자에게 전달하는 것입니다.

여러 가지 정황으로 추측하건대, 아마도 토머스 아저씨는 술버릇이 나쁘고 앤을 학대했을 겁니다. 그렇지만 앤은 그것을 노골적으로 드러내려 하지 않습니다. 그점이 중요합니다. 다른 장면에서는 마릴라가 토머스 부부의 집에서 어떤 대우를 받았는지 묻자 "나름대로 최선을 다해 친절히 대해 주려 하셨어요" 하고 횡설수설하며 대답합니다. 자신을 입양해 주었던 사람들을 감싸는 것이든, 자신이 놓였던 비참한 환경이 알려지는 게 창피한 것이든, 동정받기 싫은 것이든, 어쨌거나 열한 살짜리 아이의 입에서 나온 slightly intoxicated라는 말에는 앤의 자존심과 복잡한 심정이 드러나 있다고 생각합니다. 작은 사인이지만 눈여겨보고 싶은 부분입니다.

때려 부순 걸까? 깨뜨려 버린 걸까?

smash라는 단어도 신중하게 번역할 필요가 있습니다. 이 역시 break, crush, drop, hit, kick 등과 마찬가지로, 일부러 치거나 부수거나 떨어뜨린 것인지 아니면 실수로 그런 것인지 한 문장만 보고는 알 수 없습니다. 토머스 아저씨가 고의로 깨부쉈는지, 부딪히는 바람에 깨져 버렸는지 앞뒤 문맥으로 판단해야 합니다(문맥 의존 텍스트라고 합니다). 앞에서 이야기했듯 토머스 아저씨의 실체는 알 수 없지만, 이 장면에서 앤이 "아저씨가 유리를 때려 부쉈어요" 하고 폭력을 직접적으로 드러내는 말을 하진 않았을 겁니다. "살짝 취해서 유리를 와장창 깨뜨려 버렸어요" 정도일까요.

두 번째 포인트는 smash를 일본어 한 단어로 표현하기가 생각보다 어렵다는 점입니다. smash는 뭔가가 뭔가에 '빠른 속도로' '충돌해' '산산조각이 날 정도로' '망가뜨리다'를 한 단어로 나타낸 말입니다. 어감만 봐도 슬쩍이 아니라 속도감 있게, 뚝 부러지는 게 아니라 산산이 부서지는 느낌입니다.

어려운 말을 풀어서 설명하지
않아도 된다(될 때도 있다)

마지막으로 the comfort and consolation을 어떻게 번역하면 좋을지 생각해 보겠습니다. 예를 들어 강좌에서는 이런 번역문이 있었습니다.

"케이티는 내 인생을 아주 포근하게 만들어 주었어요."
"케이티는 내 인생의 즐거움이자 위안이었어요."
"케이티는 내 인생에 있어 평안과 위안이었어요."

이 중에서 가장 쉬운 말로 번역한 것은 첫 번째 번역문입니다. 왜 이렇게 번역했는지 묻자 "두 단어를 그냥 나열하려니 딱딱한 느낌이 들어 앤이 했을 법한 하나의 표현으로 묶었어요"라고 대답했습니다.

그런데 이때 앤은 몇 살이었나요. 열한 살이었죠. 조숙한 말투를 쓰는 아이지만 앤이 하는 말 중에서도 the comfort and consolation은 조금 허세를 부린 표현입니다. 두 단어 모두 라틴어에서 프랑스어를 거쳐 영어로 유입된 단어입니다. 또 com-과 con-으로 접두사의 운율을 맞추었다는 점에도 주목해야 합니다. 이를 두운 alliteration이라 하는데, 영어에서는 아주 시적인 효과를 발휘합니다(그렇습니다, 운율을 맞춘다는 건 어조를 나타내는 하나의 '사인'입니다). 일본어에서는 두운을 쓰면 자칫 익살스러운 느낌이 들기 쉬워 번역하기가 까다롭지만 말이죠. 제인 오스틴이 쓴 『오만과 편견』의 원제 Pride and Prejudice도 두운을 사용한 예인데, 번역판 제목은 뒷글자 '만'과 '견'으로 운율을 맞추는 각운rhyme으로 바꾸었습니다. 어쨌든 the comfort and consolation은 시적이면서도 조금 격조 높은 표현입니다. 참고로 작품 마지막에 마릴라가 이에 화답하는 듯한 말을 하는 부분이 있습니다.

I love you as dear as if you were my own flesh and blood and you've been my joy and comfort ever since you came to Green Gables.

오히려 어른인 마릴라가 joy라는 쉬운 단어를 씁니다. '넌 늘 내 기쁨이자 위안이었다'라는 뜻입니다. The comfort and consolation이라는 표현을 보고 "어린아이가 자기가 외운 말을 우쭐거리며 써 보는 느낌이 든다"라고 말한 수강생이 있었는데, 정말 그렇습니다. 사소한 부분이지만 정관사 the에도 주목하기 바랍니다. the는 comfort 앞에는 있지만 consolation 앞에는 없습니다. 즉 두 단어가 한 묶음이라는 뜻입니다. The rise and fall(영고성쇠榮枯盛衰)처럼 이런 용례는 아주 많습니다. 성경의 시편 119편 50절에도 이런 구절이 있습니다 (직역을 달아 두었습니다).

> This is my comfort and consolation in my affliction: that Your word has revived me and given me life.
> 고난 속에서도 이것이 내 평안과 위안이다. 주의 말씀이 나를 살리시고 생명을 주신다는 것이.

the comfort and consolation은 숙어까지는 아니더라도 어느 정도 관용적인 표현입니다. 앤도 성경이나 무언가를 통해 배운 게 아닐까요. 쉽게 풀어 번역해도 좋지만 매끄럽게 읽히는 대신 독특한 뉘앙스를 잃고 말겠죠. 저는 이렇게 번역해 보았습니다.

그애 이름은 케이티 모리스예요. 우린 아주 친해서 일요일이면 몇 시간이고 수다를 떨었는데, 난 그애한테 뭐든 털어놓았어요. 케이티는 내 인생의 평안이자 위안이었답니다.

주워들은 문구를 약간 의식적으로 쓰고 있는 느낌이죠. 말은 안 해도 앤은 머릿속으로 '고난 속에서도' '나를 살리시고' 같은 말을 떠올리고 있었는지 모릅니다. 꼭 시편에서 인용하지 않았더라도, the comfort and consolation이 필요한 곳에는 반드시 고뇌와 고통이 존재하는 법입니다. 이런 표현만 봐도 마냥 밝고 명랑하지만은 않은 앤의 그늘이 느껴지는 듯합니다.

2장

루이스 캐럴,『이상한 나라의 앨리스』

‖

‘언어유희’를 번역하면
‘앨리스의 혼란스러움’이 보인다

줄거리

앨리스는 강가에서 언니가 읽고 있는 책을 어깨 너머로 들여다보며 ‘그림도 없는 책이 뭐가 재밌담’ 하고 생각한다. 그때 조끼를 입은 흰 토끼가 "큰일 났네, 큰일 났어" 하며 앨리스 옆을 지나 부리나케 뛰어간다. 굴로 뛰어든 토끼를 따라 굴속으로 들어간 앨리스는 아래로 아래로 떨어진다.

떨어진 곳은 이상한 나라였다. 체셔 고양이, 3월 토끼, 미치광이 모자 장수, 가짜 거북, 카드 나라 여왕 등 앨리스는 차례로 별난 생명체를 만나 엉뚱한 수수께끼를 풀며 소동에 휘말

린다.

누명을 뒤집어쓰고 여왕에게 처형당할 위기에 처한 앨리스는 절체절명의 순간에 눈을 번쩍 뜬다. 그 모든 일이 깜박 잠이 든 사이에 꾼 꿈이었던 것이다.

지시문 A

별난 토끼를 따라 굴로 뛰어들어 '이상한 나라'에 떨어진 앨리스. 6장 「Pig and Pepper」에서는 히죽히죽 웃는 체셔 고양이가 앨리스에게 기묘한 질문을 던집니다. 『이상한 나라의 앨리스』는 언어유희로 가득합니다. 글자 그대로 충실히 옮기는 데서 나아가 말장난이나 언어유희의 재미를 전달하는 게 핵심입니다. 때로는 원문의 뜻과 형식에서 과감히 벗어나 봅시다.

지시문 B

7장 「A Mad Tea-Party」에서는 앨리스가 미치광이 모자 장수의 초대로 이상한 다과회에 참석하는 장면이 그려집니다. 여기에서도 뚱딴지같은 수수께끼에 휘말립니다. 다과회 참석자는 하나같이 의미를 알 수 없고 억지스러운 말만 하는데, 그런 '엉뚱함'이 잘 드러나도록 번역하기 바랍니다. 그럼 시작해 볼까요!

『이상한 나라의 앨리스』 과제문 A

Alice waited a little, half expecting to see it again, but it did not appear, and after a minute or two she walked on in the direction in which the March Hare was said to live. 'I've seen hatters before.' she said to herself: 'the March Hare will be much the most interesting, and perhaps as this is May, it won't be raving mad — at least not so mad as it was in March.' As she said this, she looked up, and there was the Cat again, sitting on a branch of a tree.

'Did you say "pig", or "fig"?' said the Cat.

'I said "pig",' replied Alice; 'and I wish you wouldn't keep appearing and vanishing so suddenly: you make one quite giddy!'

'All right,' said the Cat; and this time it vanished quite slowly, beginning with the end of the tail, and ending with the grin, which remained some time after the rest of it had gone.

'Well! I've often seen a cat without a grin,' thought Alice; 'but a grin without a cat! It's the most curious thing I ever saw in all my life!' (6장에서)

~~~~~~

『이상한 나라의 앨리스』 과제문 B

'Come, we shall have some fun now!' thought Alice. 'I'm glad they've begun asking riddles. — I believe I can guess that,' she added aloud.

'Do you mean that you think you can find out the answer to it?' said the March Hare.

'Exactly so,' said Alice.

'Then you should say what you mean,' the March Hare went on.

'I do,' Alice hastily replied; 'at least — at least I mean what I say — that's the same thing, you know.'

'Not the same thing a bit!' said the Hatter. 'Why, you might just as well say that "I see what I eat" is the same thing as "I eat what I see"!'

'You might just as well say,' added the March Hare,

'that "I like what I get" is the same thing as "I get what I like"!'

'You might just as well say,' added the Dormouse, which seemed to be talking in its sleep, 'that "I breathe when I sleep" is the same thing as "I sleep when I breathe"!'

(7장에서)

앨리스는 체셔 고양이가 보고 싶었을까?
혼란스러움을 번역하다

우선 과제문 A부터 보겠습니다. 체셔 고양이가 다시 나타나는 장면인데, 이런 번역문이 많았습니다.

a) 앨리스는 고양이가 다시 한번 와 주기를 반쯤 기대 섞인 마음으로 잠깐 기다렸다. 그러나 고양이는 나타나지 않았다.

b) 앨리스는 다시 한번 만날 수 있을까 싶어 은근히 기다렸지만 결국 나오지 않았습니다.

이 부분은 언어유희는 없지만 half expected가 조금 복병입니다. 앞의 번역문은 모두 체셔 고양이가 보고 싶어 그가 나타나기를 기다리는 느낌이 듭니다. 번역 강좌에서는 "무서우면서도 보고 싶은 마음이 아닐까요"라고 해석한 사람도 있었습니다. 그런데 조금 뒷부분을 보면 앨리스가 체셔 고양이에게 "갑자기 나타났다 사라졌다 하지 말아 줄래?" 하고 말합니다. 원더랜드 사람들은 재밌긴 한데 너무 특이해서, 좋은 건지 나쁜 건지 앨리스는 혼란스러운 것입니다. 이 혼란스러움을 번역하는 것이 『이상한 나라의 앨리스』를 번역하는 것이라 해도 과언이 아닙니다.

expect의 뜻을 다시 한번 짚고 넘어가겠습니다. 반사적으로 '기대하다'라고 번역하는 사람이 대다수입니다. 예를 들어 해 질 녘에 묘지를 걷는데 뒤에서 무슨 소리가 들립니다. 누, 누가 있나? 하고 겁에 질려 뒤돌아봅니다. 이런 것도 half expect입니다. 꼭 좋은 상황에서만 쓰는 말이 아닙니다. '기대'라기보다는 '예상'에 가깝습니다. 경우에 따라서는 '어느 정도 각오하고'라든지 '조금 마음의 준비를 하고'라는 뜻으로 봐도 무방합니다. 이 장면은 '어차피 그 이상한 고양이가 또 나타날 테니까' 정도의 느낌입니다. half expect이니 '어쩐지 그 고양이가 또 나타날 것 같아서' 정도겠네요. 고양이가 보고 싶은지 아닌지 앨리스 자신도 헷갈리는 것이죠.

모자 장수와 토끼가 미친 이유

과제문 A에 나오는 mad의 경우, 번역 강좌에서는 '어수선한' '미친' '엉망진창' 등의 번역어가 있었습니다. 이 작품에서는 hatter와 hare가 mad라고 표현하는데, 왜일까요?

　　as mad as a hatter라는 관용구가 있습니다. 옛날에는 모자를 만들 펠트를 딱딱하게 하기 위해 수은을 사용했습니다. 그것이 수은중독을 일으킨다는 속설이 있었고요. 처음에는 손이 떨리기 시작하는데, 그것을 hatter's shakes라고 합니다. 한마디로 직업병이죠. 지금으로 치면 '산재'라 할 수 있습니다. 더 진행되면 뇌손상을 입어 성격이 변하기도 하고, 시각장애나 언어장애를 일으키는 경우도 있었다고 합니다. 거기에서 as mad as a hatter라는 표현이 생겼습니다.

　　as mad as a March Hare라는 표현도 있습니다. 3월

토끼처럼 mad라는 말인데, 이는 토끼의 발정기를 가리킵니다. 초봄, 즉 3월 무렵이지요. 그러니까 perhaps as this is May, it won't be raving mad — at least not so mad as it was in March는 지금은 5월이라 발정기인 3월만큼 raving mad는 아닐 것이라는 뜻입니다. raving에는 '미쳐 날뛰는' '굉장한'이라는 의미가 있습니다. rave라는 동사에서 온 말입니다. '(미친) 모자 장수라면 본 적이 있는데 3월 토끼라니, 그보다 훨씬 더 재밌겠지! 지금은 5월이니까 발정이 나는 3월만큼 심하게 미치지도 않았을 테고'라는 뜻입니다.

3월 토끼를 보면 얼마나 재밌을까 기대를 하면서도 약간 불안한 마음에 지금은 5월이니 큰일은 없을 거라고 스스로를 안심시키는 듯합니다.

pig와 fig를 이용한 언어유희를 어떻게 번역할까?

자, 다시 언어유희입니다. 앨리스가 올려다보자 고양이가 어느새 또 나타나 나뭇가지에 앉아 있습니다. 그리고 앨리스에게 Did you say 'pig' or 'fig'?라고 묻습니다. 비슷한 발음을 이용한 언어유희지요. 뭐라고 번역하면 좋을까요. 강좌에서는 이런 번역이 있었습니다.

"부타(돼지)라고 했니? 후타(뚜껑)라고 했니?"
"부타라고 했니? 후다(팻말)라고 했니?"
"부타라고 했냐? 부도(포도)라고 했냐?"
"부타라고 했나? 붓다(부처)라고 했나?"

세 번째 번역은 fig(무화과)를 같은 과일인 포도로 바꾸고 첫 글자를 '부'로 맞추었습니다. 흥미롭네요. 나중에 '막간'이라는 장에서도 자세히 다루겠지만, 뜻을 버리고 웃음을 건진다는 전략입니다. 좋은 시도라고 생각합니다.

네 번째는 더욱 심오한 번역입니다. 부타와 붓다, 발음이 비슷해서 재미있습니다. fig와 붓다가 무슨 상관이냐고 생각할지도 모릅니다. 하지만 석가모니가 그 아래에서 깨달음을 얻었다는 보리수나무는 무화과나무속의 일종입니다. 그걸 의도한 걸까요. 독자에게 전해질지는 잘 모르겠지만 그 노고만은 높이 사고 싶습니다.

어쨌든 이 장면은 고양이가 터무니없는 말장난을 치는 느낌을 살려야 재미있습니다. 앨리스가 "참 나, 이

건 또 무슨 소리래?” 하고 질릴 만한 번역문을 만들어
봅시다.

예상을 슬쩍 뒤엎다

It's the most curious thing I ever <u>saw</u> in my life.

마지막 부분에서 “고양이는 없고 웃음만 남다니,
이렇게 신기한 건 처음 봤어”라고 말하는 장면입니다.

번역 강좌에서 “제가 본 텍스트에는 It's the most
curious thing I ever <u>say</u> in my life라고 되어 있었는데
요?”라는 질문이 있었습니다. 어쩌면 그런 이본(철자 등
의 세부 사항이 조금 다른 책)이 있을지도 모릅니다. 캐럴은
평범한 글을 쓰는 작가가 아니므로 원전 해석이 갈릴 가
능성도 있으니까요. 만약 saw가 아니라 say라면 번역문
에도 가벼운 위화감을 표현하는 게 좋을 것입니다. 앞에
서는 Well, I've often <u>seen</u> a cat without a grin이라고
해 놓고 갑자기 동사를 say로 바꿔 예상을 슬쩍 뒤엎은
셈이니까요.

만약 say가 맞다면 앨리스는 어떤 기분이었을까요?
“이상한 말을 내뱉고 스스로에게 놀란 느낌?”이라는 대

답이 있었습니다. 그럴 수도 있겠군요. '스스로에게 놀 랐다'는 좋은 '해석'이라고 생각합니다. "히죽히죽 웃지 않는 고양이는 많이 봤지만, 고양이 없이 히죽히죽 웃기 만 하다니"라고 입 밖으로 내뱉고 나서야 그게 얼마나 뚱딴지같은 소리인지 실감했다는 뜻입니다. 자신이 생 각해도 여간 이상한 소리가 아니었을 테니까요. 현재형 이므로 '지금까지 한 말 중에 가장 이상한 말'이 아니라 '지금까지도 없었고 앞으로도 없을 이상한 말'이라는 뉘 앙스가 아닐까요.

혼란스럽게 하면서 재미를 주다

이 작품에 등장하는 엉터리 논리학이 재밌는 건 상식적 으로는 분명 '이상하고' '부당한데' 도저히 반박할 수 없 기 때문입니다. 과제문 B의 대화도 그런 예입니다.

> 모자 장수는 그 말을 듣고 눈을 부릅떴지만, 정작 그가 한 말이라고는 "까마귀와 책상의 공통점이 뭐게?"였 습니다.
> '오호, 이제야 재미있어지겠군!' 앨리스는 생각했습니

다. '드디어 수수께끼가 시작됐나 봐.' 그러고는 큰 소리로 말했습니다. "좋아요, 맞혀 볼게요." 앨리스는 모자 장수의 수수께끼에 응했습니다.

"그러니까 네가 답을 맞힐 수 있다는 뜻이니?" 3월 토끼가 말했습니다.

여기서부터 아주 복잡한 언어유희가 나옵니다. 뭐가 뭔지 이해하기 어려울 정도입니다. 하지만 그게 작가가 노린 바이므로 괜찮습니다. 독자는 앨리스와 함께 뭐가 뭔지 모르는 채로 즐기면 됩니다. 다만 번역자는 '뭐가 뭔지 모르는 상황'의 의도를 파악하고 최대한 재현해야 합니다. 문자 그대로 번역하면 이런 뜻입니다.

"네가 답을 맞힐 수 있다는 말이니?" 3월 토끼가 말했습니다.

"그렇고말고요." 앨리스가 말했습니다.

"그럼 무슨 뜻인지 말해야지." 3월 토끼가 다시 말했습니다.

"그러고 있어요." 앨리스는 급히 대답했습니다. "적어도, 적어도 내가 말하는 내용을 생각해요. 그게 그거잖아요."

어디에서 웃으면 좋을지 감이 오지 않습니다. 독자에게 혼란을 주더라도 재미있어야 합니다. 이렇게 번역하면 읽는 사람은 무슨 소린지 몰라 그냥 넘어가 버릴 것입니다.

우선 say와 mean에 초점을 맞춰야 합니다. Do you mean that you think you can find out the answer to it?(그러니까 답을 맞힐 수 있다고 생각한다는 뜻이니?) 하고 물어보자 앨리스가 그렇다고 대답합니다. "그럼 그런 식으로 말해야지(뜻한 대로 말해야지)"라고 3월 토끼가 말하자 앨리스가 "말하고 있잖아요"라고 맞받아칩니다. "적어도 말한 내용은 뜻하고 있어요"라고 말이죠. 조금 어렵지만, 논리학이나 언어학에서 말하는 시니피앙(의미를 표현하는 것)과 시니피에(표현된 의미)라는 개념이 바탕에 깔려 있습니다.

"결국 그 둘은 똑같은 거잖아요"라고 앨리스가 논리적으로 옳은 말을 하자 모자 장수는 "Not the same thing a bit!"(전혀 같지 않아!)이라며 화를 냅니다.

그다음에 나오는 see는 기초 중의 기초 단어지만 역

시 주의해야 합니다. '나는 먹을 것을 본다'와 '나는 보는 것을 먹는다'로 번역하면 무슨 농담인지 알아차릴 수 없겠지요. 별로 의외성이 없습니다. see는 '보다'라기보다 '보이다'입니다. 의식하지 않았는데 눈에 들어오는 것도 see입니다. look at은 '의식해서 대상을 보는' 행위지만, see는 문법 용어로 말하면 '상태 동사'로 hear와 비슷합니다. hear도 '듣다'가 아니라 '들리다'입니다.

따라서 이 부분의 번역으로 "'먹을 것이 눈에 띄었다'와 '눈에 띈 걸 먹는다'가 같은 뜻이라는 소리냐?"는 어떨까요. 그다음 단락은 "'받을 것을 좋아한다'와 '좋아하는 것을 받는다'가 같다는 소리냐?", 그다음 단락은 "'자는데 숨을 쉰다'와 '숨을 쉬는데 잔다'가 같냐?"로 말이지요.

덧붙여 when이 나오면 반사적으로 '~할 때'라고 번역하기 쉬운데, '~하고 있는데' 혹은 '~하면서' 등으로 번역하는 게 적절할 때도 있습니다.

엉뚱한 질문이 세 번 연속으로 나오는 이 부분은 번역문도 난센스의 정도를 단계적으로 높여, 갈수록 멍청하고 비논리적인 느낌을 주면 좋을 것입니다. 앨리스의 어이없어하는 얼굴이 떠오릅니다.

장의 제목은 어떻게 번역할까?

그럼 마지막으로 장의 제목을 번역하는 일에 관해 생각해 보겠습니다. 7장의 제목은 Mad Tea-Party입니다. '얼빠진 다과회'라는 뜻이죠. 이를 재미있게 번역한 예가 있었습니다.

滅茶苦茶お茶会(메차쿠차 오차카이, 엉망진창 다과회)
破茶滅茶なお茶会(하차메차나 오차카이, 뒤죽박죽된 다과회)

차란 차는 다 나오는군요.

おかしくなっ茶った(오카시쿠낫찻타, 엉망이 되어 버렸다)

가히 걸작입니다. 저는 고민 끝에 'おちゃらけお茶会'(오차라케 오차카이, 농담 따먹기 다과회)라고 번역했습니다.

덧붙여 6장의 제목은 Pig and Pepper입니다. 두운을 이용해 운율을 맞췄는데, 이건 어떻게 번역하면 좋을까요?

豚がぶたれる(부타가 부타레루, 돼지가 얻어맞다)

　멋진 번역입니다. 뜻을 버리고 소리를 살릴 것인가, 어떻게든 뜻도 함께 살릴 것인가. 고민되는 부분입니다. 전설적인 번역가 야나세 나오키는 '豚坊と胡椒'(부타보우 토 고쇼우, 돼지와 후추)라고 번역했습니다. '오우'로 끝나는 단어로 운율을 맞췄습니다. 참고로 저는 고심 끝에 '豚だトンチ'(돈다톤치, 엉뚱한 재치)*라고 번역했습니다. pepper와는 거리가 멀지만 '재치 대결'이라는 내용과 연결해 보았습니다.

　프랑스 시인 아폴리네르의 어느 시에 '암소'라는 말이 나오는데, 시인 호리구치 다이가쿠가 이를 '수소'라고 번역한 적이 있습니다. 단순히 잘못 읽은 것이라는 학자가 있는 반면, 어쩌면 시의 이미지를 위해 일부러 '수소'라고 번역한 게 아닐까 추측하는 사람도 있습니다. 시와 농담 그리고 언어유희를 어떻게 번역하는 게 좋을지 판단하기란 정말이지 쉬운 일이 아닙니다.

* '엉뚱한'을 뜻하는 '돈다'의 '돈'을 돼지를 뜻하는 한자로
바꿔 새로 만들어 낸 말.(옮긴이)

3장

에밀리 브론테, 『폭풍의 언덕』

‖

'인칭대명사'를 바꾸면
'그 사람의 암담함'이 보인다

줄거리

1801년, 도시 청년 록우드는 요크셔의 황량한 들판 위 '티티새 건널목' 저택에 세입자로 들어온다. 염세적이라고 소문난 집 주인 히스클리프와 친해지려 애쓰지만 반응은 싸늘하기만 하다. 얼마 지나지 않아 록우드는 저택의 가정부 넬리 딘으로부터 두 집에 얽힌 파란만장한 사연을 듣게 된다. 원래 고아였던 히스클리프는 '폭풍의 언덕'에 사는 언쇼 집안의 가장에게 거두어져 그 집안의 큰딸 캐서린과 사랑하는 사이가 된다. 하지만 영국은 제도적으로 여성이 재산을 상속받을 수 없는 시대

였고, 캐서린은 안정된 생활을 위해 '티티새 건널목'에 사는 부유한 린턴 집안의 큰아들 에드거와 결혼한다. 이때부터 복수를 위한 히스클리프의 원대한 계획이 시작된다. 두 세대에 걸친 양쪽 집안의 애증과 재산 쟁탈전이 뒤얽힌 사랑 이야기.

지시문

다음은 캐서린과 히스클리프의 마지막 대치 장면입니다. 캐서린은 남편 에드거와의 아기를 7개월째 임신 중인 데다 뇌염으로 몸도 많이 쇠약해져 있습니다.

남녀의 비극적인 사랑을 그린 연애소설이라는 게 『폭풍의 언덕』에 대한 일반적인 이미지이지만, 사실은 인생살이의 쓸쓸함을 표현한 부분이나 코믹한 요소가 곳곳에 자리 잡고 있습니다. 이번 장에서는 명작에 대한 선입견을 걷어 내기 위해 조금 과감한 시도를 해 보려 합니다. 등장인물의 인상과 최대한 동떨어진 인칭대명사를 골라 번역해 보세요. 이 몸, 소인, 쇤네, 자네, 네놈, 그대 등등. 여러분 안에 있는 히스클리프와 캐서린의 인물상을 뒤흔드는 것이죠. 인칭대명사에 맞는 문장 쓰기를 연습하는 것도 하나의 목적입니다.

『폭풍의 언덕 』 과제문

"You teach me now how cruel you've been — cruel and false. Why did you despise me? Why did you betray your own heart, Cathy? I have not one word of comfort — you deserve this. You have killed yourself. Yes, you may kiss me, and cry; and wring out my kisses and tears. They'll blight you — they'll damn you. You loved me — then what right had you to leave me? What right — answer me — for the poor fancy you felt for Linton? Because misery, and degradation, and death, and nothing that God or Satan could inflict would have parted us, you, of your own will, did it. I have not broken your heart — you have broken it — and in breaking it, you have broken mine. So much the worse for me, that I am strong. Do I want to live? What kind of living will it be when you — oh God! would you like to live with your soul in the grave?"

"Let me alone. Let me alone," sobbed Catherine. "If I've done wrong, I'm dying for it. It is enough! You left me too; but I won't upbraid you! I forgive you. Forgive me!"

"It is hard to forgive, and to look at those eyes, and feel those wasted hands," he answered. "Kiss me again; and don't let me see your eyes! I forgive what you have done to me. I love my murderer — but yours! How can I?"

(15장에서)

인칭대명사를 다루는 법

이번 장에서는 인칭대명사를 어떻게 다루면 좋을지 생각해 보겠습니다. 번역에서 인칭대명사는 '취급 주의 위험물'과도 같습니다. 영어 you는 '너' '당신' '그대' '댁' '그쪽' '자네' '네놈' 등으로, I는 '나' '저' '이 몸' '소인' '쇤네' '본인' 등으로 옮길 수 있습니다.

　　인칭대명사는 공식적이고 비공식적이고의 차이뿐 아니라 상대방과의 지위 관계, 관계의 성질, 거리감, 경의, 친밀감, 겸손의 정도까지 나타냅니다.

　　이번에는 누가 봐도 히스클리프와 캐서린이 사용할 법한 무난한 인칭대명사 대신 약간의 모험을 해 보라고 제안했습니다. 원래는 원문에 따라 인칭대명사를 선택하는 게 맞겠지만, 이번만큼은 인칭대명사를 먼저 정하고 시작해 보자는 것입니다. 인칭대명사가 바뀌면 번역어 선택, 어조, 문체, 나아가 등장인물의 관계나 작품 해석까지 달라집니다. 그런 것을 체험해 보기 위한 실험이라고 생각해 주세요.

번역문의 세계관은 첫머리에서 결정된다

번역문은 번역 방식에 따라 분위기가 결정됩니다. 번역 강좌에서 나온 예를 몇 가지 들어 볼까요.

> You teach me now how cruel you've been — cruel and false.

a) 댁이 얼마나 잔인한 짓을 저질러 왔는지 잘 알겠어.

b) 그대가 얼마나 지독한 사람인지 똑똑히 알았소.

c) 그쪽이 잔인한 거짓말쟁이라는 걸 이제야 알려 주는군.

d) 이제야 자네가 얼마나 잔인한 사람인지 알겠구먼.

e) 덕분에 당신이 얼마나 못된 거짓말쟁이인지 알았어.

같은 히스클리프의 대사인데도 이지적이고 냉정한 인상을 풍기는 것도 있고, 사투리 같은 느낌을 주는 것도 있고, 요즘 남자들이 쓰는 말투도 있고, 다채롭습니다. 댁이라고 하느냐, 그대라고 하느냐, 그쪽이라고 하느냐, 자네라고 하느냐, 당신이라고 하느냐에 따라 두 사람의 관계가 다르게 설정됩니다. 서술어의 어조나 번역어 선택에도 영향을 미칠 것입니다.

어느 정도 긴 분량을 읽는 게 변화를 파악하는 데 도움이 될 테니 번역 강좌에서 나온 예를 조금 길게 인용해 보겠습니다.

b) "나를 사랑하면서 나를 버리다니, 대체 무슨 마음으로, 무슨 권리로 그랬소? 말해 보시오. 아니, 린턴이 좋아서 그랬다는 잠꼬대 같은 소리는 집어치우시오. 아무리 험한 꼴을 당해도, 망해도, 죽는 한이 있어도 신이든 악마든 우리를 갈라놓을 수 없었는데. (……) 그런 걸 견딜 정도로 내가 강하다는 게 비극이오. 살고 싶으냐고? 어떻게 살 수 있겠소? 만약 그대가…… 제길, 내 영혼을 무덤에 묻고도 살고 싶을 거라 생각하시오?"

"이제 그만 날 놓아줘요." 캐서린이 훌쩍이며 말했다.

"내가 그렇게 잘못한 거라면, 그래서 지금 이렇게 죽어 가고 있잖아요. 그럼 된 거 아닌가요? 당신도 나를 버렸잖아요. 그래도 나는 당신을 비난하지 않아요. 그러니 당신도 나를 용서해 줘요."

'그대'라는 인칭대명사가 사용되었습니다. 어쩐지 휴먼 시대극처럼 보이는군요. 히스클리프와 캐서린은 서로 "네가 나쁘다" "네가 더 나쁘다" 하며 아웅다웅하고 있습니다. 살날이 얼마 남지 않은 여자 주인공과 그녀의 영원한 연인의 짧은 밀회. 그런데 이렇게 번역해 놓으니, 내용만 봐선 순수한 사랑을 이야기하는 숭고한 장면이라기보다 진흙탕 싸움임을 알 수 있습니다. 하지만 이런 인간미야말로 『폭풍의 언덕』의 진정한 재미라고 생각합니다. 타산, 배신, 이기심, 미련, 변명, 책임 전가…… 살아 있는 인간이라면 누구나 완전히 자유로울 수는 없는 문제이지요.

상상과 몽상의 차이

What right — answer me — for the poor fancy you felt

for Linton?에서 fancy의 번역은 조금 주의해야 합니다. '망상'이나 '터무니없는 꿈' 같은 번역어가 눈에 띄었는 데, 맞습니다. 영어에서 fancy(몽상)와 imagination(상상) 은 분명 다른 개념입니다.

셰익스피어(1564~1616) 시대에는 five wits라는 다 섯 가지 정신 기능이 있었습니다. 이는 시각, 청각, 촉 각, 후각, 미각 같은 신체의 five sense(오감)와는 별개 의 것입니다. common sense(상식), judgment(판단력), memory(기억력) 그리고 나머지 두 개가 imagination과 fantasy입니다. imagination은 어느 정도 근거가 있는 상상이지만, fantasy는 '공상' '망상' '환상' 즉 더 현실성 이 없는 것을 말합니다. fancy는 fantasy의 변형이므로, 번역문 b에서 '잠꼬대 같은 소리'라고 번역한 건 좋은 아 이디어라고 생각합니다.

만약 히스클리프의 인칭대명사가 '저'나 '소인'이 었다면 절대 이런 번역어가 나오지 않았을 겁니다. 그만 큼 문장에서 인칭대명사의 역할이 중요합니다. 소설가 이자 『겐지 이야기』의 현대어 역자인 가쿠타 미쓰요는 "인칭대명사를 고르는 건 하나의 세계를 고르는 일이 다"라고 말한 바 있습니다.

무엇을 쓰고 무엇을 쓰지 않을 것인가

이번처럼 '대담한' 번역 방법을 택할 경우 적당히 넘어가는 게 통하지 않는다고 할까, 그만큼 명확한 해석이 요구됩니다. 여기에서 번역에 임하는 자세의 차이가 드러납니다. 자신의 '해석'에 확신이 있을 때 모험도 가능합니다.

특히 다음과 같은 장면은 번역자의 '해석'과 판단력이 여실히 드러나는 부분입니다. What kind of living will it be when you―라고 한 뒤 잠깐 말이 끊어지고 다시 oh, God! 하고 외칩니다. you 바로 뒤에 문장이 이어졌다면 어떤 내용일까요. 뒤에 '무덤'이라는 단어가 나오는 걸로 보아 아마 '그대가 죽으면'일 겁니다. 하지만 너무 비통해서 차마 말을 잇지 못합니다. 캐서린의 죽음을 그만큼 두려워한다는 뜻이겠지요. '그대가 죽으면'의 '죽' 정도까지 쓰는 번역자도 있을 것입니다. 혹은 '그대가…… 아, 제길……' 하고 얼버무리는 방법도 있습니다. 죽음을 연상시키면서도 직접 말해선 안 되므로 쉽지 않습니다. 번역문에 무엇을 쓰고 쓰지 않을지는 번역자의 판단과 센스에 달렸습니다.

참고로 『폭풍의 언덕』을 토대로 『본격소설』이라는 연애소설을 쓴 작가 미즈무라 미나에와 이 장면에 관해 이야기를 나눈 적이 있는데, 히스클리프가 캐서린에게 닥친 죽음을 얼마나 명확히 인식하고 있는지가 논점이었습니다. 저는 아직 받아들일 수 없어서 말하지 못하는 것이라고 봤고, 미즈무라 씨는 이미 각오하고 있기 때문에 말하지 못하는 것이라고 주장했습니다. 히스클리프의 심리 상태를 어떻게 해석하느냐에 따라 when you 다음의 번역문이 바뀔 것입니다.

히스클리프는 '과묵한 남자'라는 환상

그럼 다른 예도 살펴보겠습니다.

d) "이제야 자네가 얼마나 잔인한 사람인지 알겠구먼. 박정한 거짓말쟁이였어. 왜 나를 경멸한 겨? 왜 나를 배신했느냐는 말이여, 캐시. (……) 나를 사랑했으면서 무슨 권리로 날 버린 겨. 무슨 권리로. 대답해 보게. 린턴에 대한 같잖은 변덕 때문인 겨? 내가 아무리 비참한 꼴을 당해도, 망해도, 죽는 한이 있어도, 신이나 악마

가 어떤 짓을 해도 우리를 갈라놓지는 못했을 거구먼. (……) 나는 강한 만큼 엄청난 고통을 받았네. 어떻게 살라는 겨? 자네가…… 아이고, 하느님, 부처님…… 자네는 영혼이 무덤에 묻히고도 살고 싶겠는가?"

"냅둬유. 날 좀 냅둬유." 캐서린은 흐느꼈습니다. "내가 그리 잘못을 했다면 그 대가로 죽어 가고 있잖아유. 충분하지 않아유? 당신도 나를 버렸잖아유. 하지만 나는 원망하지 않아유. 그르니께 당신두 날 용서해유."

'자네'라는 인칭대명사를 써서 사투리 느낌으로 번역했습니다. 하느님도 모자라 부처님까지 등장하는군요(◎). 히스클리프와 캐서린의 말다툼이 사투리와 의외로 잘 어울립니다. 왜 이런 인칭대명사를 선택했느냐고 물어보니 "여자 주인공이 죽음을 앞둔 이 시점까지 두 사람이 서로 목에 핏대를 세우며 싸우는 모습이 사랑싸움 같달까, 어딘가 우스꽝스러웠어요. 또 히스클리프가 말수가 많아서 놀랐어요. 두 사람이 서로의 말을 맞받아치는 느낌이 사투리와 잘 어울릴 것 같아서 '자네'라고 해 봤는데 자연스럽기에 쭉 그렇게 번역했어요"라고 대답했습니다.

'말수가 많다'고 했는데, 이것은 중요한 포인트입니다. 이 소설의 상당히 본질적인 부분을 건드렸다고 생각합니다. 히스클리프라는 남자는 일본에서 어쩐지 '과묵하다'는 인상이 있는 것 같지만요.

일본과 서양 연애소설의 결정적 차이점이라면, 서양의 경우 남자가 말을 많이 한다는 것입니다. 히스클리프도 꽤 긴 독백을 합니다. 일본 연애소설에서 남자 주인공이 2~3페이지씩 독백을 하면 따지기 좋아하는 사람처럼 느껴져 매력이 떨어지지 않을까요. 앞에서 말한 미즈무라 미나에의 『본격소설』에 히스클리프에 해당하는 '다로'라는 인물이 나오는데, "일본어로 된 연애소설에서 남자 주인공에게 1~2페이지에 걸쳐 계속 말하게 하는 건 무리였어요"라고 미즈무라 씨는 술회하기도 했습니다.

의외로 말수가 많은 두 사람이 실랑이하는 장면을 빠른 사투리 템포로 표현한 건 좋은 아이디어 같습니다. 잡아먹을 듯이 싸우는 와중에도 애정이 느껴지고, 히스클리프의 '수다스러움'과 성품의 본질이 잘 드러납니다.

히스클리프가 사실은 말 많은 아저씨였군요(◎). 논리를 앞세워 상대를 몰아붙이고, 표현만 바꿔 똑같은 비난을 계속해서 퍼붓습니다. 어떻게 보면 약간 잔소리꾼처럼 느껴지기도 합니다.

한편 캐서린은 어떤가요. 작품 초반에 가정부 넬리와 '에드거의 청혼을 받아들여야 할 것인가'를 놓고 교리문답 같은 대화를 나누는 장면이 나오는데, 캐서린은 에드거를 선택해야 할 이유로 '외모, 경제력, 교양'을 듭니다. 논리적이고 냉정한 사고와 계산이 가능한 사람입니다. 하지만 히스클리프만은 그냥 사랑하니까 사랑한다는 태도로 일관합니다. 감정이 격해진 캐서린이 두 사람을 따로 놓고 생각하는 것 자체가 불가능하다며 마침내 I'm Heathcliff! 하고 비논리적인 말을 내뱉는 유명한 장면이 있습니다. 영리한 사람이지만 유독 히스클리프에 관한 일에선 논리를 내팽개치고 응석받이가 되어 버립니다. 결혼해서 이제 곧 한 아이의 어머니가 되는 이 시점에도 달라지지 않았습니다.

이 작품은 지금까지 고전에 걸맞은 격조 높은 문체로 번역되었던 까닭에 캐서린이나 히스클리프가 숭고한 사랑을 이야기한다는 인상이 강했습니다. 그러나 『폭풍의 언덕』은 기본적으로 재산 상속을 둘러싸고 토지를 뺏고 빼앗기는 '부동산 소설'이자 아름답지만은 않은 쓸쓸한 인생 이야기입니다. 저는 오히려 『폭풍의 언덕』의 이런 인간적이고 처절한 부분에 매료되어 신역을 맡았습니다.

이렇게 인칭대명사를 바꿔 번역해 보는 것만으로 문체부터 작품 전체 해석까지 변화가 일어나, 원문이 가진 의외의 본질이 보이기도 합니다. 이번 장에서는 그런 부분을 조금이나마 느꼈다면 그걸로 충분합니다.

4장

에드거 앨런 포, 『어셔가의 몰락』

||

'에둘러 말하는 문체'를 번역하면 '공포의 근원'이 보인다

줄거리

이야기는 화자가 동창생 로더릭 어셔의 낡은 저택에 말을 타고 찾아가는 장면으로 시작된다. 친구의 절박한 편지를 받고 걱정이 되어 만나러 온 것이다. 오랜만에 만난 동창생은 몰라보게 야위어 예전 모습을 찾아볼 수 없다. 사정인즉 유일한 혈육이자 사랑하는 여동생 매들린이 기이한 병에 걸려 살아날 가망이 없다는 것이다.

머지않아 여동생은 죽고, 로더릭은 그녀의 시신을 임시로 저택 지하묘지에 안치한다. 폭풍우가 몰아치는 아름다운 어느 밤, 로더릭은 반쯤 정신이 나간 채 갑자기 무언가가 보인다고 말한다. 친구를 안정시키려고 화자가 괴기소설을 낭독하자 이야기와 똑같은 일이 현실에서 차례로 일어난다. 불길한 소리와 빛. 갑자기 바람이 들이쳐 방문이 열리고 무덤에서 되살아난 매들린이 피투성이가 된 모습으로 나타난다. 로더릭은 공포로 절명하고 화자는 부리나케 저택에서 도망친다.

지시문

번역할 부분은 화자가 저택에서 뛰쳐나온 다음부터 작품 마지막 장면까지입니다.

에드거 앨런 포는 '아라베스크 문체'로 불리는 배배 꼬인 문체가 특징입니다. 이를 충분히 음미하기 위해서라도 이번에는 최대한 원문의 어순대로 번역해 보기 바랍니다. 앞으로 나아갈 듯 말 듯 끈덕지게 이어지는 문체에 조바심이 나더라도, 문장을 깔끔하고 간결하게 다듬는 것은 금물입니다. 포 특유의 비효율적인 문체를 살릴 때 비로소 공포의 근원이 보일 테니까요. 예스러운 고딕소설의 분위기도 재현하면 좋겠죠!

『어셔가의 몰락』 과제문

From that chamber, and from that mansion, I fled aghast. The storm was still abroad in all its wrath as I found myself crossing the old causeway. Suddenly there shot along the path a wild light, and I turned to see whence a gleam so unusual could have issued; for the vast house and its shadows were alone behind me. The radiance was that of the full, setting, and blood-red moon which now shone vividly through that once barely-discernible fissure of which I have before spoken as extending from the roof of the building, in a zigzag direction, to the base. While I gazed, this fissure rapidly widened — there came a fierce breath of the whirlwind — the entire orb of the satellite burst at once upon my sight — my brain reeled as I saw the mighty walls rushing asunder — there was a long tumultuous shouting sound like the voice of a thousand waters — and the deep and dank tarn at my feet closed sullenly and silently over the fragments of the "House of Usher."

(마지막 장에서)

꼬인 문장의 비효율을 살리다

에드거 앨런 포의 문장은 관계사를 사용한 수식구가 길게 이어지거나, 삽입구나 환언하는 말이 자주 끼어드는 복잡한 구조라 의미 파악이 어렵고 이야기의 진행이 더딥니다. 하지만 이 비효율적인 문체야말로 왠지 모를 불안감과 두려움을 자아내는 비밀의 열쇠입니다.

영어는 한 문장 안에 작은 문장(종속절)을 여러 개 집어넣어 계속해서 길이를 늘릴 수 있습니다. 포의 경우 처음부터 바로 핵심을 말하지 않고 정보를 하나씩 하나씩 제시하며 문장을 길게 늘리는 구조를 통해 서스펜스 효과를 냅니다. 예컨대 '나는 그녀를 만났다'로 시작해 언제, 어디서 만났으며 어떤 옷을 입은 여자이고, 그 옷은 이모할머니에게 물려받았는데 그분은 이미 죽었고, 어느 마을에서 태어났고, 그 마을을 흐르는 시내는······ 이런 식으로 조금씩 정보를 흘리며 불안과 초조를 증폭시킵니다. 그러한 포의 문체를 체감해 보라는 뜻에서 일부러 최대한 원문의 어순대로 번역하라는 까다로운 주문을 했습니다(이번에만 한정된 지시입니다. 항상 원문의 어순대로 번역할 필요는 없습니다).

전체적으로 바람이 잘 통하지 않고 꽉 막힌 방의 분위기이므로 신선한 공기를 불어넣어 상쾌하게 만들지 않도록 주의합시다(☺). 1장에서 '요철을 지나치게 다듬지 말라'는 이야기를 했는데, 이번 장에서는 '우물우물하는 말투를 고치지 않는' 것이 중요합니다.

독자를 안심시키지 않는다

『어셔가의 몰락』에서 에드거 앨런 포는 즐겨 사용하는 모티프인 '때 이른 매장'의 공포를 묘사하고 있습니다. 포는 자신이 죽어 관에 들어가거나 무덤에 묻힌 뒤, 사실은 아직 죽지 않아 다시 눈을 뜨면 어떡하나 하는 기이한 공포에 사로잡혀 있었습니다.

과제문의 장면은 여동생 매들린을 지하묘지에 묻고 며칠 뒤 로더릭이 반쯤 실성한 채 화자에게 뛰어오는 내용에서 이어지는 부분입니다. 로더릭은 뭔가가 보인다는 둥 넌 아직 못 봤냐는 둥 소리를 지릅니다. 폭풍우가 몰아치는 밤입니다. 고전적인 고딕소설에서 흔히 볼 수 있는 설정이지요. 화창하고 상쾌한 대낮에 무시무시한 일이 벌어지는 경우는 없다고 봐도 무방합니다. 밤, 비, 돌풍, 천둥……『어셔가의 몰락』에서 화자는『광란의 밀회』라는 괴기소설을 낭독하는데, 그 이야기에서 무시무시한 소리가 들리는 장면이 나오자 현실 세계에서도 비슷한 소리가 들리기 시작합니다. '작품 속 작품'과 현실 세계가 점차 하나로 합쳐지며 클라이맥스에 이릅니다.

그럼 과제문을 살펴보겠습니다. 두 번째 문장에 causeway라는 단어가 있습니다. 지금은 고속도로 같은 자동차도로도 causeway라고 하지만, 여기서는 늪 따위에 볼록하게 올라와 있는 둑길을 뜻합니다. 말하자면 저승과 이승을 잇는 통로, 광기와 죽음이 지배하는 세계와 이성이 지배하는 현실 사회를 연결하는 길입니다. 화자가 살아 돌아올 수 있을지 없을지 모르는 갈림길이므로 원문처럼 긴장감을 조성해야 합니다.

중요한 것은 접속사 as입니다. 두 문장(즉 두 세계)을 연결하는 as가 둑길의 역할을 수행한다고 볼 수도 있습니다. 이 부분은 다음과 같이 as 다음부터 번역하는 사람이 많았습니다.

어느덧 낡은 둑길을 건너고 있었고, 아직 주위에는 폭
풍우가 세차게 몰아치고 있었다.

이 경우 독자는 '아, 이 사람은 둑길을 무사히 건너
겠구나' 하고 처음부터 안심해 버리기 때문에 서스펜스
효과가 감소하고 맙니다. 먼저 그 오싹한 방에서 뛰쳐나
온 뒤 계속 내달려 저택에서도 벗어났는데, 바깥은 바깥
대로 무시무시한 폭풍우가 휘몰아치고 정신없이 뛰다
보니 자신도 모르는 사이에 둑길을 건너고 있었다는 흐
름을 보여 주는 게 좋겠죠.

as의 사전적 의미는 '~할 때' '~함에 따라' 등인데,
when보다는 앞뒤 문장의 동시성을 강하게 나타냅니다.
'~하는 동안'과 같이 앞에서 뒤의 순서로 번역하는 게
잘 어울릴 때도 있습니다. 다음으로 found oneself는 포
의 문장에 자주 나오는 표현인데, '정신을 차리고 보니
~하고 있었다'라는 뜻입니다. 포의 작품에서는 주인공
이 망연자실하는 경우가 많기 때문에 '문득 정신이 들었
을 때는 어느새'라는 표현이 자주 나옵니다. '내가 나 자
신을 발견했을 때는' 식의 번역이 가끔 눈에 띄는데, 자

아를 찾아 떠나는 여행이 아니므로 적절하지 않아 보입니다.

그럼 번역 강좌에서 나온 몇 가지 예를 비교하며 살펴보겠습니다.

From that chamber, and from that mansion, I fled aghast.

a) 그 방에서, 그리고 그 저택에서 걸음아 날 살려라 하고 도망쳤다.

b) 그 방에서, 그 저택에서 나는 기겁을 하고 도망쳤다.

The storm was still abroad in all its wrath as I found myself crossing the old causeway.

a) 폭풍우는 아직 바깥에서 세차게 몰아치고 있었고, 나는 정신을 차리고 보니 오래된 둑길을 건너고 있었다.

b) 폭풍우는 여전히 잦아들 기미가 보이지 않았고, 문득 정신이 들었을 때 내가 가로지르고 있는 건 그 둑길이었다.

이 예문들은 동사와 목적어, 동사와 보어의 순서가

몇 군데 바뀌긴 했지만 대체로 어순대로 번역했습니다. b의 경우 번역문에서도 causeway를 맨 마지막에 놓으려고 고심한 흔적이 엿보이네요.

한순간 보여 준 뒤……

그때 그곳에서 놀라운 일이 벌어집니다.

> Suddenly there shot along the path a wild light, and I turned to see whence a gleam so unusual could have issued; for the vast house and its shadows were alone behind me.

along the path의 along은 '~을 따라'라고 기계적으로 번역하지 말기 바랍니다. '갑자기 길을 따라 빛이 비쳤다'가 아니라 '별안간 둑길에 섬광이 비쳤다'입니다.

그다음 문장에서는 '~; for'(왜냐하면~) 이하에서 다시 한번 오싹하게 만들어야 합니다. 문법적으로 접속사 for는 직접적인 이유를 설명하는 because와 기능이 다르므로 뒤에서부터 번역하지 않도록 합시다. 다음 두 문장을 보면 이해할 수 있을 겁니다.

He looks pale because he is sick.
그는 몸이 좋지 않아 안색이 나쁘다.
He must be sick, for he looks pale.
그는 분명 몸이 좋지 않다. (왜 그렇게 생각하느냐면)
안색이 나쁘니까.

'~; for'는 '왜 그런 소릴 하느냐면/왜 그렇게 하느냐면' 식으로 앞 문장 혹은 앞 문장 일부를 설명하거나 보충하는 역할을 합니다. 여기서는 I turned to see whence~에 대한 추가 설명이라 할 수 있습니다. '빛이 어디서 나오나 하고 뒤돌아보았다. 왜냐하면……'이라는 뜻이지요. 어디에서 나오는 빛인지 몰라 순간적으로 뒤돌아보았다는 말이니, 여기서 '~; for'는 '독자의 이해를 돕기 위한 부언'이라 볼 수 있습니다.

그러므로 화자가 뒤돌아보고 그곳에 있는 것을 눈으로 확인하기까지의 한순간, 어둠에 둘러싸인 어서 저택의 모습을 독자가 연상하게끔 해야 비로소 다음 문장의 묘사와 대비를 이루며 으스스한 분위기가 살아납니다. 이를 뒤에서부터 번역해 '광대한 저택이 그림자를 드리우는 것 말고는 아무것도 없을 텐데, 이런 기이한 섬광이 대체 어디에서 뿜어져 나오나 하고 뒤돌아보았다' 식으로 문장을 만들면 너무 논리적으로 설명하는 느낌이라 재미가 없습니다. 참고로 앞의 예에서 a는 이렇게 번역했습니다. '나는 고개를 돌려 도대체 어디에서 이런 기이한 빛이 새어 나오는지 보았다. 왜냐하면 내 등 뒤에는 거대한 저택과 그 그림자 말고는 아무것도 없을 테니까.' b는 '이토록 기묘한 섬광이 어디에서 뿜어져 나오는 걸까 하고 뒤돌아봤는데, 그도 그럴 것이 나는 거대한 저택과 그 그림자만 등지고 있었기 때문이다'라고 번역했습니다.

다음 문장에서 드디어 기묘한 빛의 정체가 드러납니다.

> The radiance was that of the full, setting, and blood-red moon which now shone vividly through that once barely-discernible fissure of which I have before spoken as extending from the roof of the building, in a zigzag direction, to the base.

a) 그 빛은 저물어 가는 핏빛 보름달에서 나온 것으로, 바
    야흐로 저택의 갈라진 틈새로 강렬한 빛을 내뿜고 있
    었다. 그 틈은 예전에는 눈에 띄지 않을 정도로 미세했
    고, 저택 지붕에서 땅바닥까지 번개무늬를 그리며 내
    려온다고 앞서 내가 말한 그것이었다.

    빛은 달에서 나오는 것이었군요. 원문에는 full과
moon이 떨어져 있지만 이 경우 '보름달'이라고 한 단어
로 번역해도 상관없습니다.
    다음으로 which now 이하를 보면 빛이 새어 나오
는 틈에 관한 설명이 길게 이어집니다. 왜 이렇게 많은
정보를 한 문장에 넣었느냐고 불평할지도 모르겠지만,
이것이 바로 포의 문체입니다. a의 경우는 틈에 관해 설
명하기 전에 문장을 일단 끝냈습니다. 한편 b는 이렇게
번역했습니다.

b) 그 빛은 선혈처럼 짙은 빨강으로 물든 채 저물어 가는
    보름달에서 뿜어져 나왔는데, 바야흐로 황황히 빛나는
    달은 거의 알아차릴 수 없을 만큼 미세하게 건물 지붕
    에서부터 번개 모양으로 꺾어져 내려와 바닥까지 닿아

있다고 일전에 말했던 그 틈새로 빛을 내뿜고 있었다.

틈에 관해 길게 설명한 뒤 '빛을 내뿜고 있었다'로 문장을 끝내고 있습니다. a의 번역문은 원문의 어순대로 정보가 머릿속에 쏙쏙 들어오는 이점이 있습니다. 반면 b의 번역문은 앞을 예측할 수 없어 '그래서 달이 왜, 뭐 어쨌는데?' 하는 초조감을 더합니다. 그런 점에서 포의 분위기를 잘 살렸다고 할 수 있을지도 모르겠습니다.

심리적 간극

다음으로 어서 저택이 무너져 내리는 섬뜩한 묘사가 이어집니다. 이 부분에서 어떤 점이 번역하기 어려웠는지 묻자 "섬광이 비친 뒤에 무엇이 어떻게 부서졌는지 상상하기 어려웠다"라는 의견이 있었습니다.

이는 필시 사건의 순서와 말의 순서에서 미묘한 어긋남을 느낀 까닭이라고 생각합니다. 원문에는 눈 깜짝할 사이에 틈이 벌어지더니 그곳에 보름달이 나타났고, 눈앞이 아찔해진 순간 저택이 붕괴되었다고 쓰여 있습니다. 하지만 사실은 건물이 와르르 무너지고, 달이 떡하니 나타났다는 식으로 쓰는 게 일반적이겠죠. 번역하기도 더 쉬울 테고요.

하지만 화자의 눈에는 원문과 같은 순서로 비쳤을 겁니다. 섬뜩한 섬광과 함께 핏빛의 커다란 달이 나타났다! 그렇게 생각하는 순간 벽이 와장창 무너져 내립니다. 이것이 바로 심리적 간극입니다. 저택이 무너지는 걸 인지하기까지 잠깐의 공백이 있었던 것이지요. 사실상 보름달이 보일 정도로 틈이 벌어진 시점에 이미 벽은 무너지고도 남았을 겁니다. 무너졌으니 달이 보였겠지요. 그러나 화자는 틈이 벌어진다, 보름달이 보인다, 아아, 저택이 무너져 내린다, 계속 무너진다, 이런 식으로 느꼈던 겁니다. burst at once upon my sight와 달이 갑자기 나타나는 부분은 c의 박진감 넘치는 번역이 인상적이었습니다.

c)   내가 바라보는 동안에도 벽은 쩍쩍 갈라지더니 무시무시한 바람이 일며 둥그런 달이 갑자기 눈앞에 나타났다.

사건의 순서가 다소 뒤바뀐 듯 느껴지더라도 이 부분을 번역할 때는 따로 정리하거나 보충하지 않는 게 좋습니다. 혼란은 혼란인 채로 번역하는 것이지요. 이를 '순식간에 벽이 쩍쩍 갈라지고 저택이 무너지기 시작하더니 그곳에 둥그런 달이 나타났기 때문에 보고 있던 나는 현기증이 났다'라고 번역하면, 이해하기는 쉽겠지만 충격적인 느낌은 덜합니다. 아, 그렇습니까? 하는 느낌이랄까요. 저택이 무너지는 걸 알아차리기까지의 미묘한 간극도 공포의 근원인 셈입니다.

주인공은 누구?

작품은 이렇게 끝납니다.

> there was a long tumultuous shouting sound like the voice of a thousand waters — and the deep and dank tarn at my feet closed sullenly and silently over the fragments of the "House of Usher."

이 부분에서 문제되는 건 번역문에서 '어셔가'를 어디에 배치하느냐입니다. 원문에서 the House of Usher는 제일 마지막에 놓여 'usher(—r)' 하고 숨이 끊어지는 듯한 소리로 섬뜩한 침묵을 연상시키며 끝을 맺습니다. 이것이 공포감을 더하는 데 한몫하지요.

a) 내 발치에 있는 깊고 축축한 늪 속으로 음침하게 소리 하나 없이 '어셔가'의 잔해가 파묻혀 갔다.

b) 한없이 싸늘한 늪이 내 발치에서 입을 닫았고, 음울한 침묵이 낮게 깔리더니 파편으로 변해 버린 '어셔가'의 모습은 이미 어디에도 없었다.

고풍스러운 표현을 쓰려고 애쓴 b에게 가장 고민이 됐던 부분이 어딘지 묻자 역시나 마지막 문장의 끝부분이었다고 하더군요. 예를 들어 '무너져 내린 저택을 삼키고 수면이 닫혔다'라고 번역하면 늪이 중심이 되어 버리는 느낌이 들어 어순을 바꿔 가며 고심했다는 겁니다. 마지막에 늪의 위력을 보여 주고 끝내는 것도 나쁘지는 않다고 봅니다. 하지만 어셔가에 관한 이야기이므로 '어셔가의 모습은 이미 어디에도 없었다'처럼 일가족과 저택의 최후를 확실히 표현해 주는 것도 한 방법이겠지요.

비효율적인 문장을 효율적으로 만들지 않는다. 바람이 통하지 않는 문장에 바람을 너무 불어넣지 않는다.

어순대로 번역해 봄으로써 포 특유의 공포의 근원을 발견할 수 있을 것입니다.

5장

제롬 데이비드 샐린저, 『호밀밭의 파수꾼』

‖

‘말버릇’을 번역하면
‘소년 홀든의 고독’이 보인다

줄거리

1950년대 미국 동부. 작품의 화자이자 학업 부진으로 네 번째 학교에서 퇴학당한 소년 홀든 콜필드는 현재 정신병동에서 요양 중이다. 홀든이 풀어놓는 이야기는 작년 가을 학기가 끝난 뒤부터 크리스마스 휴가가 시작되기 전까지 사흘 동안(토요일부터 월요일까지) 있었던 일이다. 열여섯 살인 홀든이 다니던 학교는 펜실베이니아주에 있는 프렙스쿨(기숙형 명문 사립학교). 학교를 뛰쳐나온 홀든은 집에 돌아가는 대신 맨해튼 거리를 떠돌며 아는 여자 친구에게 전화를 걸기도 하고, 재즈클럽에

가기도 하고, 콜걸을 부르기도 한다. 술에 취한 홀든은 부모님이 외출한 사이 집에 돌아와 여동생 피비에게 "뭔가가 된다면 호밀밭의 파수꾼이 되고 싶다"는 엉뚱한 소리를 하고는 말다툼 끝에 다시 집을 나간다. 그 후 그가 어떻게 집에 돌아왔고, 어떻게 정신병을 앓게 되었는지에 관한 기록은 없지만, 올해 가을 학기부터 다른 학교로 전학 갈 예정이라고 한다.

지시문

소설의 첫 부분으로, 홀든이 자기소개를 하는 대목입니다. 모놀로그(일인칭 독백) 형식인 이 작품의 문체에서 번역하기 어려운 점은 툭툭 내뱉는 말버릇이 풍기는 뉘앙스일 것입니다. or anything이나 and all 같은 사소한 표현도 생략하지 말고 최대한 살리기 바랍니다. 소년이 쓸 법한 자연스러운 말투로 번역하는 게 중요합니다.

　　두 번째로 어려운 점은 문장에 자주 등장하는 you를 어떻게 번역하느냐입니다. 기존 번역에서는 '불특정 다수의 청자'로 해석해 특별히 번역을 하지 않았는데, 새롭게 번역한 무라카미 하루키는 you를 화자 자신으로 해석해 화자가 자신에게 이야기하는 문체로 풀었습니다. you를 어떻게 해석해 번역하느냐에 따라 작품 세계가 완전히 달라질 것입니다.

~~~~~~

『호밀밭의 파수꾼』 과제문

If you really want to hear about it, the first thing you'll probably want to know is where I was born, and what my lousy childhood was like, and how my parents were occupied and all before they had me, and all that David Copperfield kind of crap, but I don't feel like going into it, if you want to know the truth. In the first place, that stuff bores me, and in the second place, my parents would have about two hemorrhages apiece if I told anything pretty personal about them. They're quite touchy about anything like that, especially my father. They're nice and all — I'm not saying that — but they're also touchy as hell. Besides, I'm not going to tell you my whole goddam autobiography or anything. I'll just tell you about this madman stuff that happened to me around last Christmas just before I got pretty run-down and had to come out here and

take it easy. I mean that's all I told D.B. about, and
he's my brother and all.　　　　　　(1장 첫머리에서)

～～～～～～～～～～～～～～～～～～～～～～～～～

잘못 들어서 생긴 제목

우선 일본에서 오랫동안 사랑받아 온 소설 『The Catch-
er in the Rye』의 제목이 가진 뜻과 유래에 관해 짚고 넘
어가려 합니다.

　여동생 피비가 홀든에게 잔소리하는 장면을 볼까
요. "오빠는 불평만 할 줄 알지 하고 싶은 게 있기는 해?
이것도 싫다 저것도 싫다 하면서 결국은 아무것도 안 하
겠지"라고 말합니다. 그러자 홀든은 "뭔가가 된다면 a
catcher in the rye가 되고 싶어"라고 대꾸합니다. 직역
하면 '호밀밭의 파수꾼'이지요. 여기에서 작품의 제목이
나왔습니다. 사방이 절벽으로 둘러싸인 호밀밭에서 천
진난만하게 뛰어노는 어린아이들을 지켜보며 서 있다
절벽으로 떨어질 것 같은 아이를 붙잡아 주는 사람입니
다. 이런 밭이나 직업이 현실 세계에 존재할 리 없기 때
문에 이는 인생의 '모라토리엄'(무언가를 실행하기 전의 유예

기간)을 상징한다고 여겨져 왔습니다. 지금의 홀든도 험한 세상으로 나가기 전 '호밀밭'에 머무르는 존재겠지요.

그 대답을 들은 피비는 오빠가 착각하고 있던 사실을 바로잡아 줍니다. 로버트 번스라는 스코틀랜드 시인의 시(일본에서는 「반딧불의 빛」이라는 노래의 원시로 알려져 있음)를 잘못 듣고 홀든이 틀리게 알고 있었던 것입니다. 원래는 'if a body meet a body, coming through the rye'라는 구절로 a catcher in the rye라는 말은 나오지 않습니다. 남녀가 호밀밭에 숨어 애정 행각을 벌인다는 내용인 이 시는 '제니는 다 젖었네'라는 구절이 나올 정도로 꽤 에로틱합니다.

참고로 이 노래는 일본에서 처음에 「고향의 하늘」이라는 제목으로 번안되었습니다. 원시와는 동떨어진 맑고 아름다운 가사로 바뀌었는데, 그 후 원시의 외설스러운 재미를 되살려 '드리프터스'라는 코미디 그룹이 「아무개 씨와 아무개 씨」라는 노래를 만들었습니다. 호밀밭을 비롯한 온갖 장소에서 밀회를 갖는 남녀와 그 모습을 훔쳐보는 화자가 등장하는 구성입니다. 같은 가사라도 번역이나 번안 방식에 따라 이렇게나 달라지는군요.

반항적인 자기소개

이 작품은 첫머리에 갑자기 고유명사가 등장합니다. '데이비드 코퍼필드'는 우리가 아는 미국의 유명 마술사가 아닙니다. 영국 작가 찰스 디킨스의 대표작(1850)으로 고아의 생애를 그린 명작을 가리킵니다. 여기서는 19세기 영국 문학의 전형이라는 의미로 쓰였습니다. 그 무렵까지만 해도 소설은 주인공이 태어나기 전의 일이나 부모의 첫 만남, 집안 내력부터 쭉 써 내려가는 서술 방식이 일반적이었습니다.

하지만 현대적인 스타일의 일인칭 문체가 발달한 뒤부터는 자신이 태어나기 전의 일을 마치 보고 오기라도 한 듯 이야기하는 것이 부자연스럽게 느껴져 점점 자취를 감추었습니다. 그런 이유로 홀든은 '데이비드 코퍼필드' 같은 한물간 자기소개는 하지 않겠다고 처음부터 선언합니다. "회상록이라고 하면 어차피 다들 all that David Copperfield kind of crap(흔한 데이비드 코퍼필드 식의 시시한 이야기)을 기대하겠지만 꿈 깨시지" 하는 식이지요. 반항적인 이 소년은 말하자면 고전문학사에도 시비를 거는 셈입니다.

경계, 불안, 고독은 말버릇에 나타난다

방금 나온 kind of나 sort of는 홀든의 말버릇입니다. '~ 같은 느낌' '~인가 뭔가' '~라고나 할까'처럼 확실히 말 하지 않고 얼버무리는 표현입니다.

그 뒤에 나오는 if you want to know the truth도 홀 든이 심심치 않게 쓰는 어구입니다. 글자 그대로 옮기면 '만약 당신이 진실을 알고 싶다면'이지만, 실제 대화에 서 이런 말을 자주 쓰는 사람은 없을 겁니다. 번역 강좌 에서는 이런 예도 있었습니다.

"(듣고 싶은 건) 뭐랄까, 좀 더 '데이비드 코퍼필드' 식의 시시한 이야기겠지만 그럴 생각은 추호도 없어, 솔 까말."

네, 분위기는 잘 전달됩니다. '솔까말'은 '솔직히 까 놓고 말해서'의 줄임말입니다. '솔까말'이라는 유행어 를 번역문에 사용해도 되느냐 아니냐는 차치하더라도, if you want to know the truth가 '(물으니까 대답하는 데) 솔직한 말로'를 뜻하는 건 사실이지요. 이 표현은 작 품에 대략 열여섯 번이나 등장할 정도로 말버릇에 가까 우므로, 요즘 말투로 '솔직히' 쯤으로 번역하면 적당하지 않을까요. 일반적으로 '솔직히 말해서'나 '이상하게 들리겠지만' '극단적으로 말하자면'같이 이야기를 시작하기 전에 뭔가 전제를 다는 것은 경계나 불안의 증거입니다. 무엇 때문인지는 몰라도 무의식적으로 빠져나갈 구멍을 만드는 것이지요. 하지만 막상 들어 보면 '이상'하지도 '극단적'이지도 않을 때가 대부분입니다.

그 뒤에 나오는 They're quite touchy about anything like that, especially my father. They're nice and all — I'm not saying that — but they're also touchy as hell의 I'm not saying that에서도 딱 잘라 말하기를 꺼리는 심리가 드러납니다. 참고로 무라카미 하루키는 '(아니, 우리 부모님은 좋은 사람들이다) 그런 얘기가 아니고'라고 번역했습니다.

그런 얘기가 아니라니, 뭐가 아니라는 걸까요. that이 무엇을 가리키는지 파악하기 어려울지도 모르지만, 앞 문장 They're nice and all을 받고 있습니다. '이런 말을 하자는 게 아니고' '이런 말을 할 생각은 아니고'라는 뜻입니다. 좀 더 구어체로 하면 '이렇게 말하긴 뭐하지만'입니다. '아니, 가족인 내가 말하기도 뭐하지만'이라는 말로 보아 여기서도 반론의 여지를 남기지 않으려고 무의식적으로 조심하는 심리가 느껴집니다. 앞뒤 문장을 대략적으로 번역하자면 '우리 부모님은 그런 것에 유독 민감한 편이야, 특히 아버지가. 이렇게 말하긴 뭐하지만 둘 다 교육은 잘 받았는데 무지하게 신경질적이거든' 정도일까요.

왜 확실히 말하지 않을까?

They're nice나 my brother 다음에 and all을 붙였습니다. and all은 홀든이 무슨 말을 할 때 가장 많이 붙이는 어구로, 삼백 몇십 번 정도 나옵니다. 이것도 확실히 말하지 않고 얼버무리는 표현 중 하나입니다. 과제문 이외의 부분에서는 Anyway, it was December and all(어쨌든 12월인가 그때인데), just to be polite and all(대충 예의상 그렇다고 할까) 등으로 쓰였습니다.

　my brother and all은 '우리 형인가 뭔가' 정도의 느낌일까요. 어쨌든 D.B가 형인 건 사실이니 '우리 형이다'라고 해도 되겠지만, 홀든은 D.B에게 긍정과 부정이 뒤섞인 복잡한 감정을 갖고 있으므로 쉽게 '형이다'라고 말하기가 망설여졌는지도 모릅니다. 홀든은 훌륭한 작가였던 D.B가 할리우드에 '영혼을 팔아' 싸구려 영화 각본가로 전락했다고 생각하니까요. 아무튼 말끝마다 and all을 붙입니다.

그 밖에 my whole goddam autobiography or anything의 or anything(~나 뭐 그런 것) 같은 표현도 자주 나옵니다. '내 인생을 통째로 얘기한다거나 하는 한심한 짓'이라는 뜻입니다.

이처럼 이 작품의 모놀로그에는 슬쩍 얼버무리거나 단서를 붙이는 표현이 많이 나옵니다. 홀든은 가는 학교마다 퇴학을 당하는 '불량' 학생이지만, 한편으로는 마음이 아주 여려 다른 사람이 자신을 이해해 주지 않는 것에 대한 불안과 분노, 고독이 밑바탕에 깔려 있습니다. 사춘기에 누구나 한 번씩은 겪어 봤을 감정이지요. 많은 독자가 '이건 바로 내 이야기다'라고 공감하는 이유도 거기에 있을 겁니다.

포용해 주는 you

이제 작품에 자주 등장하는 you를 어떻게 번역하느냐의 문제입니다. 예를 들어 번역 강좌에서는 이런 해석과 번역 예가 있었습니다. "you를 특별히 번역하지는 않고, 명문고에서 낙오한 고등학생이 블로그에 쓸 법한 자학적인 문체로 옮겼다", "you를 '여러분'이라고 번역했다. 자의식 과잉인 고등학생이 인터넷에 짓궂은 글을 올리는 듯한 어조를 선택했다", "you를 '너희'라고 번역했다. 오랜만에 모인 친구들에게 무용담을 늘어놓는 듯한 말투로 옮겼다", "you를 '당신'이라고 번역했다. 말하는 리듬에서 요즘 래퍼가 연상되었기 때문이다", "you를 '너'라고 번역했다. you는 화자가 무슨 말을 하든 너그럽게 들어 주는 안네 프랑크의 키티 같은 존재".

　　마지막 대답에 설명을 약간 덧붙이자면, 안네는 일기장에 '키티'라는 이름을 붙이고 모든 일기를 '친애하는 키티에게'로 시작해 가공의 존재에게 이야기하듯 썼습니다. 유일하게 뭐든 털어놓을 수 있는 '친구'였던 셈입니다.

　　홀든은 가는 곳마다 충돌을 일으키고, 불만을 품고, 인간관계에 실패해 소외감을 느낍니다. 어딜 가나 미운 오리 새끼입니다. 그런 자신을 나무라지 않고 포용해 주는 존재인 you에게 속마음을 털어놓고 있는 게 아닐까요……

비록 돌아오는 대답은 없지만 '보이지 않는 you'라는 존재를 설정하고 자신 이외의 누군가에게 이야기를 하고 질문을 던짐으로써 또 다른 형태의 대화가 이루어집니다. 『호밀밭의 파수꾼』에 숨겨진 의미는 그런 것인지도 모릅니다.

화자의 마음과 말의 거리

마지막으로 결말 부분의 유명한 장면을 조금 인용해 보겠습니다.

> I felt so damn happy all of a sudden, the way old Phoebe kept going around and around. I was damn near bawling, I felt so damn happy, if you want to know the truth. I don't know why. It was just that she looked so damn nice, the way she kept going around and around, in her blue coat and all. God, I wish you could've been there.
>
> (25장에서)

홀든은 파란 코트를 입고 회전목마를 타는 여동생의 예쁘고 사랑스러운 모습을 보고 눈물이 날 것 같은

'뭉클함'을 느낍니다. 요즘 소년다운 스스럼없고 가벼운 말투와는 상반되게 예민한 감수성과 깊은 내면세계를 갖고 있습니다. 경박한 말투에서도 그런 심성이나 내면과 외면의 격차가 잘 표현된다면 좋겠지요.

God, I wish you could've been there에서 또 you가 나옵니다. 이 could have been은 문법 용어로 말하면 가정법 과거완료입니다. '있었으면 좋았겠지만 실제로는 없었다'라는 뜻이지요.

주의해야 할 점은 wish와 hope의 용법 차이입니다. 둘 다 '원하다' 또는 '바라다'라는 의미라고 배우는 단어입니다. 하지만 이 장면에서 I hope you could have been there이라고 쓸 수는 없습니다. 아주 대략적으로 말하면 hope (that)~는 앞으로 일어날 일에 대해 '~라면 좋겠다' 하고 바라는 것이고, wish (that)~는 대체로 이미 일어난 일에 대해 '~였으면 좋았을걸/좋았을 텐데' 하고 바라는 것입니다. 일어난 일에 대해 바라는 것을 '후회'라고 하지요. 앞으로 어떻게 전개될지 모르고 실현 가능성이 있는 것이 hope, 벌써 결과가 나온 것이 wish입니다. 즉 바랐지만 실현되지 않은 일을 언급할 때 wish를 씁니다(I wish you a Merry Christmas처럼 특정 시기의 인

사말이나 기원문에도 씀. I wish to~와 같이 to 부정사를 동반할 때는 want와 같은 뜻).

『호밀밭의 파수꾼』에서 홀든은 I wish는 여러 번 쓰지만, I hope는 세 번 정도밖에 쓰지 않습니다(모두 야유조). 그중 하나가 I hope to hell when I do die somebody has sense enough to just dump me in the river or something(제발 부탁이니까 내가 죽으면 아무나 알아서 근처 강 같은 데 던져 줘)이라는 문장입니다. 이런 밉살스러운 말에서도 그의 마음속 그늘과 고독이 느껴집니다.

막간

번역하기 어려운 워스트 표현 5

‖

시, 농담, 언어유희, 비아냥, 욕설은
· 번역의 5대 난관?!

내용물이냐 그릇이냐, 그것이 문제로다

번역은 원문의 '의미'뿐 아니라 '의도'를 전달할 필요가 있습니다. 게다가 때로는 '내용물'뿐 아니라 '그릇'(문체나 형식)도 재현해야 합니다. 말은 쉽지만 참 어려운 일입니다.

　번역이 까다로운 대표적인 문학 양식 가운데 하나가 정형시입니다. 일본에서는 하이쿠나 단카短歌처럼 글자 수가 정해진 시가 이에 해당합니다. 서양에서는 절이나 연의 수, 압운법, 운율 등이 정해진 시, 예를 들면 소네트, 오드, 론도 등입니다. 참고로 정형시와 달리 제약이 없는 시를 자유시라고 합니다.

또한 정해진 운율을 가진 운문verse과 반대로 그러한 규정이 없는 글을 산문prose이라고 합니다. 산문으로 시를 쓰면 산문시이고, 대부분의 소설은 산문에 해당합니다.

정형시와 자유시, 운문과 산문 중에 어떤 게 번역하기 어렵다고 잘라 말할 수는 없지만, '그릇'의 모양이 딱 정해져 있으면 일본어로도 그에 해당하는 무언가를 고안할 필요가 있겠지요. 운문 문화는 기원전 3000년까지 거슬러 오르는 세계 최고最古 문헌 중 하나인 고대 메소포타미아의 「길가메시 서사시」부터 서양 문예의 기점인 고대 그리스·로마 문학을 거쳐 몇천 년이나 면면히 이어져 내려왔습니다. 정형에는 무게가 있습니다.

형식이 정해진 게 더 번역하기 어렵다?

그렇다면 역시 정해진 형식이 있는 쪽이 더 번역하기 어려울까요?

세계에서 가장 유명한 작가인 셰익스피어도 물론

운문으로 극(희곡)을 썼습니다. 다만 셰익스피어가 새로웠던 점은 규칙을 지켜 고지식하게 글자를 맞추는 데서 벗어나 압운을 사용하지 않고 억양(운율)을 만드는 '무운시'blank verse라는 형식을 완성했다는 것입니다. 그러면서 엄격히 지켜지던 운문의 제약이 풀리기 시작하는데, 그 시기가 근대 이후입니다. 일본에서도 메이지 시대 말기부터 다이쇼 시대에 걸쳐 글자 수나 계절어季語 등의 규칙에서 벗어난, 현재 자유율 하이쿠, 자유율 단카라고 부르는 것이 차츰 등장했습니다. 방랑의 하이쿠 시인 다네다 산토카, 오자키 호사이 등의 하이쿠를 읽어 본 적 없나요.

곧은길이라 외롭다. (산토카)
기침을 해도 혼자. (호사이)

'이게 하이쿠인가?' 싶을 정도입니다. 이 구절을 영어로 번역하라면 어떻게 하겠습니까? 표현도 단순하고 어려운 말은 하나도 없습니다. 그런데도 외국어로 번역하려 하면 무엇을 실마리로 삼아 번역하면 좋을지 쉽게 떠오르지 않습니다. 형식이 정해진 하이쿠라면 '형식 모방'을 하나의 실마리로 삼을 수 있겠지만 그마저 불가능합니다. 거기에다 영어로 번역했을 때 하이쿠의 정수가 전해지지 않으면 안 됩니다. 아주 까다로운 작업임을 상상하기 어렵지 않습니다. 정형시와 자유시 중에 어느 게 번역하기 쉽다 혹은 어렵다는 말은 섣불리 할 수 없습니다.

언어유희, 욕설, 비아냥도 어려운 문제

또 번역하기 어려운 표현 중에 언어유희, 비아냥, 욕설 등이 있습니다.

언어유희는 영어로 pun이라고 합니다. 2장에서 번역에 도전했던 『이상한 나라의 앨리스』에도 많이 나오지요. 과제문 중에도 발음이 비슷한 pig와 fig를 이용한 언어유희가 있었는데, 이것을 '돼지'와 '무화과'로 번역하면 유머라는 것을 알 수도 없을뿐더러 재미도 없습니다. 흔히 번역자 사이에서 의도를 전달하기 위한 방법으로 '사과를 귤로 바꾸는 것도 불사한다'라는 표현을 쓰는데, 요컨대 번역에서는 형식과 뜻 중에 하나를 선택해야 하는 순간이 온다는 것입니다. 둘 다 죽이지 않고 살리면(네, 언어유희입니다) 가장 좋겠지만, 두 마리 토끼를 쫓다 전부 놓치기보다는 결단력 있게 선택하는 것도 번역자의 역할이라 생각합니다.

또 번역하기 어려운 것이 언어 특유의 문화를 반영한 욕설입니다. 영어에서는 damn 같은 불경한 말이나 fucking 같은 외설스러운 말이 쓰이는 경우가 많은데, 이런 swear words(악담)는 일본어에 상당하는 표현이 없기 때문에 번역자에게는 골칫거리입니다.

저는 루루 왕이라는 중국계 네덜란드 작가가 쓴 소설의 영어 번역판을 일본어로 번역한 적이 있습니다. 원문은 네덜란드어인데, 발상은 중국어입니다. 그래서 Oh my God!(직역하면 '오, 신이시여!')이 Oh my Buddha!(오, 부처님이시여!)라고 되어 있었습니다.

중국 문화대혁명 시기의 이야기인데, 여자 주인공에게 욕하는 장면이 나옵니다. 예를 들어 영어에는 motherfucker라는 욕이 있지요. '엄마를 fuck하는 놈'이라는 뜻으로 상대를 폄하하는 표현 중 가장 수위가 높은 말입니다. 본인도 모자라 그 사람의 어머니까지 끌어들이는 욕이기 때문입니다. 일본어에도 '너희 엄마 참외 배꼽'이라는 고전적인 욕설이 있지만, 익살스러운 느낌이 강해서 명예가 걸린 모욕 정도는 아닙니다. 하지만 중국에서는 본인보다 누나나 엄마를 헐뜯는 말이 더 심한 욕이고, 그보다 더 심한 건 할머니를 깎아내리는 말, 더 심한 건 증조할머니에 관한 욕이라는군요(☺). 가계를 거슬러 올라갈수록 모욕의 정도가 심해진다고 중국 출신 학자가 알려 주었습니다. 참고로 얼마 전 축구 월드컵에서 프랑스 선수가 이탈리아 선수를 머리로 들이받아 퇴장당한 사건이 있었는데, 자신의 어머니와 누이를 심하게 모욕하는 욕설을 들었기 때문이라는 말이 있습니다.

이론적으로는 이해가 되었지만, 막상 작품에서 great-grand-motherfucker라는 단어를 맞닥뜨리자 도대체 일본어로 어떻게 번역하면 좋을지 몹시 고민이 됐습니다. 문자 그대로의 뜻을 살려야 하나, 뜻은 포기하고 '악담'다운 말로 바꿔야 하나.

또 하나 번역하기 어려운 표현이 아이러니, 즉 비아냥입니다. 이 역시 표면적인 뜻만 번역해서는 제대로 전달되지 않을 때가 있습니다. 예를 들어 모차르트의 생애를 그린 『아마데우스』라는 영화에서 모차르트가 "A good story"라고 말하는 장면이 나옵니다. 문자 그대로 번역하면 "멋진 이야기군요"입니다. 하지만 자막은 "거짓말하지 마!"였습니다. 영화 자막은 짧은 순간에 관객에게 함의를 이해시킬 필요가 있기 때문에 과감하게 대사를 바꿔 말 속에 숨겨진 진짜 뜻을 반영한 것입니다. 하지만 이 말은 대놓고 화를 내는 것이지 비아냥거리거나 빈정대는 건 아닙니다. 이 한 장면으로 자막 번역의 어려움을 실감할 수 있었습니다.

작전 1

그럼 조금 구체적인 번역 예를 살펴보겠습니다.

> In sorting Kelp
> Be quick to help.

경묘시light verse를 쓴 에드워드 고리라는 그림책 작가의 『잡다한 알파벳』에 나오는 시입니다. 문자 그대로 번역해 볼까요? Kelp는 '해조류'를 뜻합니다. sort는 컴퓨터 용어에서 '정렬'이라고 하듯 '골라내다'라는 뜻입니다. 뜻풀이를 하면 "해조류를 골라낼 때는 냉큼 와서

도와라"입니다. 이 번역에서 어떤 점이 어려웠냐고 묻자 수강생 한 명이 "help와 kelp로 운율을 맞춘 부분을 어떻게 처리하면 좋을지 고민됐습니다"라고 대답했습니다. 그렇습니다. 각운이라는 형식을 일본어로도 표현하면 좋겠죠. 역자 시바타 모토유키는 어떻게 옮겼을까요. '昆布選るなら奇りあって'(곤부 요루나라 요리앗테, 다시마 고를 땐 모두 모여서)라고 언어유희를 이용한 표어 느낌으로 번역했습니다.

be quick은 어디로 가 버렸냐고 의아하게 생각하는 사람도 있을 겁니다. 어디에 있느냐고 물으면 '여기'라고 콕 집어 설명할 수는 없지만, 번역문 전체의 속도감으로 표현하고 있다고 말할 수 있습니다. 또 '모이다'란 말은 원문에 어디 있느냐고 물으면, 그것도 한마디로 대답하긴 어렵습니다. 이것도 아까 말한 것처럼 전체적인 효과를 위해 '사과를 귤로 바꾸는' 방법 중 하나겠지요.

작전 2

그럼 다음으로 또 다른 시 번역을 예로 들어 보겠습니다. 장 콕토의 「귀」라는 매우 유명한 시입니다. 프랑스어 원문을 영어로 직역하면 이렇습니다.

> Mon oreille est um coquillage
> Qui aime le bruit de la mer.
>
> ↓
>
> My ear is a shell
> which loves the noise of the sea.

어쩐지 싱겁군요(☺). 일본에서는 이렇게 번역한 사람이 있습니다. '내 귀는 조개껍데기/ 바다 노래를 그리워하네.' 시인 호리구치 다이가쿠의 번역입니다.

앞 소절 '내 귀는 조개껍데기'는 직역이지만, 뒤 소절 '바다 노래를 그리워하네'는 원문과 확연히 다릅니다. 프랑스어 원문에는 'Qui aime'이라고 되어 있습니다. aime은 영어의 like, love에 해당하는 단어로 '좋아하다' '사랑하다'라는 뜻입니다. '그리워하다'의 뉘앙스는 없습니다. 또 bruit를 '노래'라고 번역했는데, 이 단어는 영어로 sound보다 noise에 가까운 말입니다. 생활 속의 '잡음'이나 '웅성거림'을 뜻하지요. 그러므로 '바다의 아름다운 곡조'보다는 바다의 술렁이는 소리가 좋다는 뜻입니다.

그런데 호리구치 다이가쿠는 '바다 노래를 그리워하네'라고 번역했습니다. 너무 미화했다거나 원문에 충실하지 않다고 지적하는 사람도 있을 것입니다. 하지만 여기에서는 '사랑하다'가 아닌 '그리워하다'라는 번역어로 시간적·물리적 거리감을 간접적으로 표현하고 있습니다. '그리워하다'는 지금 여기에 missing(결여된)이라는 뜻이므로 무언가 잃어버린 것, 멀리 있는 것, 지금은 닿을 수 없는 것을 암시합니다. 이로 인해 시공간의 거리감이 생겨나지요. 『영어의 계략, 프랑스어의 장난』(사이토 요시후미·노자키 간 지음, 도쿄대학출판회)에도 언급된 바 있습니다.

미국 번역학의 일인자인 데이비드 댐로시는 이렇게 말했습니다.

"세계문학이란 번역으로 한층 풍부해지는 문학작품을 말한다."

일본 작가 아베 고보도 이런 말을 했습니다.

"흔히 문학 번역은 잘해야 80퍼센트를 건진다고 하는데 (……) 지금까지 번역 소설을 접하며 번역되었다는 이유로 부족함을 느낀 적은 한 번도 없었다. 뛰어난

소설은 언제나 소설로서 뛰어나며, 별 볼 일 없는 소설
은 언제나 소설로서 별 볼 일 없다."

작전 3

그럼 마지막으로 일본 정형시의 영어 번역을 보겠습
니다.

> How still it is here —
> Stinging into the stones,
> The locusts' trill.

도널드 킨이 번역한 『오쿠로 가는 좁은 길』에서 인
용했습니다. 원문을 아시는 분이 있나요?

> 閑かさや、岩に染み入る蟬の声 (적막함이여, 바위에 스며드
> 는 매미 소리)

네, 맞습니다. 그런데 이 구절의 영어 번역을 다시
일본어로 옮긴다 해도 당연히 '적막함이여, 바위에 스며

드는 매미 소리'로 돌아오지는 않습니다. 번역은 등가교환이라고 합니다. A=B, B=A. 그렇다면 B를 도로 번역하면 원래의 A로 돌아와야 하는데 그렇지 않습니다. 이것이 바로 번역의 함정입니다.

영어 번역에서 stinging이라는 표현이 시선을 끕니다. '찌르다'란 뜻이지요. '스며들다'보다는 '꽂혀 들어오다' 같은 날카로운 어감입니다. 영어 번역을 읽고 어떤 인상을 받았는지 묻자 "원래 하이쿠와는 다른 느낌이지만 전체적으로 시적인 분위기가 느껴진다", "신기하게도 어조가 (원래 하이쿠와) 일맥상통하는 것 같다"라는 대답이 있었습니다. 영어 번역은 5·7·5 음절도 지키지 않아 어디가 하이쿠 같은지 말하기 어려운데, 어쨌든 하이쿠의 정수가 전해진다는 게 신기합니다.

locust라는 번역어는 어떤가요? 영어에 매미를 가리키는 cicada라는 단어가 있지만, 일반적으로 locust를 쓰는 경우가 많습니다. locust는 메뚜기 등도 포함합니다. 매미와 메뚜기를 그다지 구분하지 않는 것이죠. 매미를 소재로 자연을 노래한다는 개념이 없기 때문입니다. '여름방학에 어린아이들이 채를 들고 곤충을 잡으러 간다'라는 정겨운 이미지가 없을뿐더러 매미 소리에 귀를 기울이는 습관도 일반적으로는 없습니다. 영국에서 온 관광객을 여름에 절에 데려가 "매미 소리 어때요?"라고 물어본들 "네? 무슨 소리를 말하는 거예요?"라는 대답만 돌아올 가능성이 큽니다. 매미 소리는 누구에게나 들리는 게 아닙니다. 그래서 도널드 킨은 보다 일상적이고 쉬운 locust라는 단어를 선택했을 겁니다.

반대로 일본어에서 생소한 표현도 있습니다. 예를 들어 blue twilight, 푸른 땅거미란 뜻이지요. 여러분은 땅거미가 푸르게 보이나요? 석양이 지는 하늘을 보고 '연한 먹물을 풀어놓은 듯하다'라고는 표현해도, 푸른색으로 보는 사람은 거의 없을 겁니다. 저도 영어 책에서 몇 번이나 blue twilight라는 표현을 접하며 수행을 쌓았더니 이제 겨우 푸르게 보입니다(◎). 상상imagination이란 하나의 문화가 만들어 내는 아주 복잡한 통합체입니다. 시는 한없이 펼쳐진 이미지 속에서 언어가 작은 결정을 이루어 나오는 것이니 번역이 어려울 수밖에 없습니다.

6장

조지 버나드 쇼, 『피그말리온』

‖

'지나치게 완벽한 영어'를 번역하면 '일라이자의 아픔'이 보인다

줄거리

영화 『마이 페어 레이디』의 원작. 가난한 꽃 파는 소녀 일라이자 두리틀은 초라한 옷차림과 서민층 방언 탓에 세상 사람들로부터 멸시를 받는다. 그러던 어느 날 거리에서 음성학 교수 히긴스를 만난다. 인간의 계급이 그 사람이 쓰는 말로 결정된다고 생각하는 히긴스는 친구 피커링 대령에게 "석 달 안에 꽃 파는 소녀를 공작부인으로 만들어 보이겠다"고 선언한다.

이렇게 해서 시작된 수업의 결과로 일라이자는 귀부인 못지않은 외모와 말씨뿐 아니라 자신감 있고 당당한 태도까지 갖추

게 된다. 그러나 히긴스는 여전히 그녀를 깔보고 난폭하게 대한다. 참다못한 일라이자는 친구 프레디와 결혼한다는 말을 남긴 채 집을 나가 버린다. 결국 히긴스의 절규 섞인 요란한 웃음소리와 함께 이야기는 막을 내린다.* '피그말리온'은 그리스신화에 나오는 키프로스의 왕으로, 현실의 여자에게 실망해 이상형인 여성 조각상을 만들어 사랑에 빠진다. '피그말리온 콤플렉스'란 자신이 만들어 낸 작품을 사랑하게 된다는 뜻이다.

지시문

희곡이므로 배우의 연기에 관한 지시문 외에는 별다른 지문 없이 대사만으로 이루어져 있습니다.

　이 장면의 등장인물은 일라이자(리자) 두리틀, 히긴스 교수, 언어학자인 피커링 대령, 히긴스의 어머니, 그리고 일라이자의 탐욕스러운 아버지 앨프리드까지 다섯 명입니다. 히긴스의 태도에 분개하는 일라이자를 달래며 피커링 대령이 "그래도 히긴스 교수가 네게 올바른 말씨를 가르쳐 주었잖니"라고 말하자 일라이자가 그에 대답하는 부분으로 시작됩니다. 지금은 아주 세련

* 뮤지컬 『마이 페어 레이디』와 그것을 바탕으로 한 영화에서는 일라이자가 다시 돌아와 히긴스와 이어지는 해피엔딩으로 바뀌었다.

된 영어를 구사하는 일라이자이지만, 그녀의 과거와 심적 고통을 헤아리며 번역하기 바랍니다. 또한 실제로 무대에서 사용되는 대본이므로 배우가 대사로 말하기에 어색하지 않아야 합니다. 지나치게 문어체이지는 않은지, 반대로 너무 가볍지는 않은지 스스로 소리 내어 읽어 보며 번역하기를 권합니다. 어떻게 꽃 파는 소녀가 숙녀로 거듭날 수 있었는지 털어놓는 일라이자의 유명한 대사도 나오지요. 그럼 시작해 봅시다!

~~~~~~

『피그말리온』 과제문

PICKERING. No doubt. Still, he taught you to speak; and I couldn't have done that, you know.
LIZA. [*trivially*] Of course: that is his profession.
HIGGINS. Damnation!

(번역은 여기서부터)

LIZA. [*continuing*] It was just like learning to dance in the fashionable way: there was nothing more than that in it. But do you know what began my real education?

PICKERING. What?

LIZA. [*stopping her work for a moment*] Your calling
me Miss Doolittle that day when I first came
to Wimpole Street. That was the beginning of
self-respect for me. [*She resumes her stitching*].
And there were a hundred little things you nev-
er noticed, because they came naturally to you.
Things about standing up and taking off your hat
and opening doors —

PICKERING. Oh, that was nothing.

LIZA. Yes: things that shewed you thought and felt
about me as if I were something better than
a scullery-maid; though of course I know you
would have been just the same to a scullery-maid
if she had been let into the drawing room. You
never took off your boots in the dining room
when I was there.

PICKERING. You mustn't mind that. Higgins takes off
his boots all over the place.

LIZA. I know. I am not blaming him. It is his way,
isn't it? But it made such a difference to me that
you didn't do it. You see, really and truly, apart

from the things anyone can pick up (the dressing and the proper way of speaking, and so on), the difference between a lady and a flower girl is not how she behaves, but how she's treated. I shall always be a flower girl to Professor Higgins, because he always treats me as a flower girl, and always will; but I know I can be a lady to you, because you always treat me as a lady, and always will.

(5막에서)

꽃 파는 소녀의 말을 번역하려면?!

가난한 꽃 파는 소녀가 언어학자에게 교육을 받고 세련된 숙녀로 다시 태어납니다. 영화에서는 일라이자가 상류층 영어를 마스터하기 위해 히긴스 교수에게 특훈을 받는 장면인데, 이 예문을 가지고 연습합니다. 유명한 장면입니다.

The rain in Spain stays mainly in the plain.

예문을 읽고 어떤 생각이 드나요? 'ai(ay)'라는 철자가 많지 않나요. 비슷한 발음의 단어로 운율을 맞춘 언어유희입니다. 런던 서민층의 방언인 코크니를 쓰는 일라이자는 'ai' 발음을 잘 못합니다. 그녀가 말하면 '에이'가 아니라 '아이'에 가까운 발음이 되어 버리죠. rain을 '레인'이 아니라 '라인'으로 발음하는 식입니다.

또 작품 첫 부분에는 일라이자의 대사를 발음대로 받아 적는 장면이 나오는데 다음과 같습니다.

①   "Cheer ap, Keptin; n' baw ya flahr orf a pore gel."

무슨 말인지 도저히 이해할 수 없습니다. 일라이자는 이렇게 말한 것이었습니다.

②   "Cheer up, Captain: and buy a flower off a poor girl."
("장군님, 기운 내시고 불쌍한 소녀를 위해 꽃 좀 사세요.")

재미있는 건 문장 ①을 읽은 일라이자 본인이 "이게 뭐예요, 제대로 된 영어가 아니라 못 읽겠어요"라고 말한다는 겁니다. 본인은 ②처럼 말했다고 생각하니까요.

방언이나 억양을 어떻게 번역하느냐의 문제는 동서고금을 막론하고 번역자에게 늘 고민거리입니다. 번역이란 원문을 최대한 '등가'로 옮기는 작업이라고들 합니다. 농담은 원문과 비슷한 정도로 우스운 게 이상적이고, 원문이 의도적으로 아주 난해하게 쓰였다면 이해하기 어려운 문체를 번역문에서도 재현할 필요가 있습니다. 그렇다면 방언이나 억양은 어떻게 번역하면 좋을까요. 예컨대 런던 방언인 코크니를 다른 사투리로 바꾸는 것도 하나의 아이디어입니다. 예를 들어 러시아 시골을 무대로 한 안톤 체호프의 희곡 「청혼」은 이런 식으로 번역된 바 있습니다.

> 나탈리아: 잠깐만예, 미안한데 지금 '우리 목초지'라 했
>   는교? 거기가 당신 땅입니꺼?
> 로모프: 제 땅인데예……
> 나탈리아: 무슨 소립니꺼! 목초지는 우리 땅이지 당신
>   땅이 아니라예!

나탈리아의 위풍당당함이 전해지는군요. 참고로 저는 방언이나 사투리는 문화와 사회, 역사를 반영하

는 것이라 다른 언어와 완벽하게 대응시키기는 어렵다고 판단해 '어디에도 없는 가공의 방언'을 만들어 번역합니다. 번역 방침이나 기법에 정답은 없습니다. 어떻게 번역하면 좋을지 여러분 나름대로 고민해 보시기 바랍니다.

또 일라이자의 대사에 이런 말도 나옵니다.

"I called him Freddy or Charlie same as you might yourself if you was talking to a stranger."

"모르는 사람에게 말을 걸 때 프레디나 찰리라고 부르잖아요, 그런 거예요."

'어, you was가 아니라 you were 아냐?' 하고 생각하실 겁니다. 이는 일라이자뿐 아니라 모든 서민이 즐겨 쓰는 말인데, she don't know와 마찬가지로 간편한 구어 표현입니다.

이렇게 캐주얼한 영어를 쓰던 일라이자는 히긴스 밑에서 발음과 문법, 어휘 등을 맹훈련하여 상류층 영어인 퀸스 잉글리시를 습득해 갑니다. 그럼 과제문 첫 줄부터 봅시다.

말의 차이에 따른 계급의식

작품의 무대인 20세기 초반 영국은 사회계층별로 사용하는 말이 확연히 달랐기 때문에 언어와 결부된 계급의식이 아주 강했습니다. 그러나 일라이자는 언어교육을 우습게 보는 듯한 발언을 합니다.

　"그런 건(말을 배우는 건) 유행하는 춤을 배우는 것과 같아요. 그 이상의 의미는 없어요. 그렇다면 제 진짜 교육은 어디에서 시작되었다고 생각하세요?"

　아무렇지 않게 말하지만 아주 의미 있는 대사입니다. 일라이자의 인생이 걸려 있다고 해도 과언이 아닙니다. 일라이자가 발음과 말투를 바꾸지 않았다면 사교계에 진출하지도 못했을 테니까요. 영화에서는 상류층 무도회에 처음 모습을 드러낸 그녀와 대화를 나눈 사람들이 뒤에서 수군대기 시작합니다. 억양 때문에 출신이 탄로된 걸까요? 어떤 의미에선 정반대의 일이 일어납니다. 그녀가 구사하는 영어가 지나치게 완벽한 나머지 이 사람은 영국인이 아니다, 분명 외국 공주가 틀림없다, 헝가리의 왕녀다 같은 주장을 하는 사람이 나타난 겁니다.

어떤 언어든 원어민은 표현이나 발음이 스스럼없기 마련입니다. 따라서 원어민의 말이 오히려 허술하고 불완전합니다. 그러나 일라이자에게 정통 상류층 영어는 외국어나 마찬가지입니다. 이제 막 배운 춤을 출 때처럼 신경을 곤두세워야만 합니다. 따라서 다음과 같이 너무 긴장감 없이 왈가닥 느낌으로 번역하는 건 부적절하다고 생각합니다.

"꽃 파는 소녀랑 진짜 숙녀의 차이는요, 어떻게 행동하느냐가 아니라 어떤 대접을 받느냐에 달렸거든요. 근데 히긴스 교수님 앞에서 전 백날 꽃 파는 소녀다 이거죠."

생동감이 있지요. 꽃 파는 소녀 시절이었다면 분명 이렇게 말했을 겁니다. 하지만 작품 후반에 나오는 일라이자의 완벽한 영어를 보면 고상함이나 아름다움과 동시에 어쩐지 애처로움이 느껴집니다. 그런데 일라이자는 그렇게 힘들여 배운 상류층 영어를 '아무것도 아닌 것'이라고 일축합니다. '난 교수님의 꼭두각시가 아니다'라는 긍지의 표현이지요. 일라이자에게 숙녀로서의 첫발을 내딛게 한 건 자기 존중self-respect이었습니다. 그것이 싹튼 이유는 이렇습니다.

> "당신(피커링 대령)은 제가 이곳 윔폴 거리에 처음 온 날, 저를 두리틀 양이라고 불러 주셨어요."

호칭 역시 그 사람의 사회적 위치나 부르는 쪽과 불리는 쪽의 관계를 나타내는 중요한 척도입니다. 상류층 숙녀에게 처음부터 '일라이자'라고 이름을 부르거나 그마저도 줄여 '리자'라고 부르는 일은 있을 수 없습니다. 피커링 대령이 이름 대신 '두리틀 양'이라고 성에 경칭을 붙여 부르자 그녀는 몹시 놀라 "아ㅡ, 아ㅡ, 오우, 오ㅡ" 하고 의미를 알 수 없는 원시인 같은 소리를 내지르고 맙니다. 명료한 발음articulation도 계급을 나타내므로, 이렇게 웅얼거리며 불분명하게 말하는 것도 성장 환경을 의심케 하는 요소입니다.

자로 잰 듯 정확한 번역문

또한 대령은 사소한 부분에서도 일라이자를 존중하는

태도를 보여 주었습니다. 예를 들면 이렇습니다.

> Things about standing up and taking off your hat and
> opening doors —

이는 모두 예의를 갖춰 여성을 맞이할 때 하는 동작입니다. 단순히 '일어나서 모자를 벗기도 하고, 문을 열어 주기도 하고……'가 아니라 '맞이할 땐 일어나서 모자를 벗기도 하고, 문을 열어 주기도 하고……' 식으로 조금 더 보충해 주어도 좋겠지요. 대령은 '별것 아닌 일'이라고 말하지만, 자신을 존중해 주었던 모습을 일라이자는 다음과 같이 표현합니다.

> Yes: things that shewed you thought and felt about me
> as if I were something better than a scullery-maid;*
> "아니에요, 그렇게 당신은 일개 부엌데기 같은 절 어엿한 귀부인처럼 대해 주셨어요."

as if로 시작하는 절을 보면 I의 be동사로 were가 왔습니다. '어, was 아냐? 또 문법 오류인가?' 하고 생각

할지도 모르지만 가정법 과거 용법에서는 인칭에 관계 없이 be동사로 were를 쓰는 게 원칙입니다. 작품 초반 에서는 if you was talking이라고 말하던 그녀이지만, 몰 라보게 세련되어져 이제는 정통 영어를 구사합니다.

여기서 가정법 과거란 사실에 반하는 일, 가능성이 매우 낮은 일 또는 화자가 생각하기에 일어나지 않았으 면 하는 일 등을 표현할 때 쓰는 용법입니다. 그러니까 일라이자는 아직 자신이 진짜 숙녀가 아니라 부엌데기 같은 신분이라고 여긴다는 걸 알 수 있습니다. 번역이 조금 까다롭긴 하지만, '당신은 제가 부엌데기 이상의 존재이기라도 한 것처럼 생각하고 느낀다는 걸 보여 주 셨는데……'라는 식으로 번역하면 갑자기 의미가 불명 료해지고 머릿속이 뒤죽박죽인 사람처럼 보여 일라이 자의 인물 설정이 흔들리게 되므로 주의해야 합니다. 자 로 잰 듯 정확하고 깔끔한 번역문으로 완성해 봅시다.

고상한 슬픔의 메아리

이제 일라이자는 명료한 발음으로 논리정연하게 말합 니다. 말하기 기술은 히긴스 교수의 수업으로 익힌 것이지만 그러는 사이에 사고방식까지 바뀐 것입니다. 이제 옛날의 말하기 방식으로 돌아가는 건 불가능하다고 말합니다. 일라이자는 히긴스의 훈련을 통해 '성장'하기도 했지만, 한편으로는 '말의 고향'을 잃고 정체성 일부를 상실했습니다. 원래의 리자와는 다른 사람이 되어 버렸으니까요. 그러니 그녀의 대사는 명료하고 이지적이고 숙녀다움을 넘어 그 배후에 왠지 모를 슬픔과 공허함을 깔고 있어야 합니다. 꽤 까다로운 주문이지요. 그럼 과제문에서 클라이맥스에 해당하는 대사를 살펴보겠습니다. 조금 더 파이팅!

> the difference between a lady and a flower girl is not how she behaves, but how she's treated. I shall always be a flower girl to Professor Higgins, because he always treats me as a flower girl, and always will; but I know I can be a lady to you, because you always treat me as a lady, and always will.

일라이자는 "숙녀와 꽃 파는 소녀의 차이는 본인이 어떻게 행동하느냐가 아니라 어떤 대접을 받느냐에 달렸어요"라고 말합니다. 반복되는 and always will의 번역이 까다로울지도 모르겠군요. 번역 강좌에서 나온 예를 하나 들어 보겠습니다.

"히긴스 교수님에게 제가 언제까지나 꽃 파는 소녀인 건 그분이 절 꽃 파는 소녀로만 대하기 때문이에요. 지금도, 그리고 앞으로도. 하지만 당신 앞에서는 귀부인이 될 수 있어요. 왜냐하면 당신은 절 귀부인으로 대해 주시니까요. 지금도, 그리고 앞으로도."

'지금도, 그리고 앞으로도'라는 구절이 반복되는 게 리얼리즘 소설에서는 약간 어색할 수도 있지만, 이 작품은 희곡이므로 배우가 무대에서 소리 내어 말하는 것을 염두에 두고 이렇게 번역했다고 합니다. 예를 들면 "히긴스 교수님 앞에서 전 언제까지나 꽃 파는 소녀겠죠. 교수님은 절 꽃 파는 소녀로밖에 대하지 않고, 그건 앞으로도 변하지 않을 테니까요. 그런데 당신 앞에서는……" 하고 구구절절 늘어놓기보다는 "지금도, 그리고 앞으로도"라는 간결한 대사가 반복되는 게 무대에서 더 빛나지 않을까요. 일라이자의 마음속 슬픔과 공허함도 이 메아리 같은 반복으로 더욱 잘 전해질 것입니다.

7장

버지니아 울프, 『등대로』

‖

'털실 색깔의 차이'를 번역하면
'시선의 변화'가 보인다

줄거리

이야기의 1부는 제1차세계대전 직전에 시작된다. 여덟 명의 아이를 둔 램지 부부는 스코틀랜드 서쪽 헤브리디스제도에 있는 별장에서 매년 여름을 보낸다. 만灣 건너편에 커다란 등대가 있는데, 여섯 살 난 막내는 그곳에 가 보는 게 소원이다. "내일 날씨가 좋으면 가자꾸나" 하고 다정하게 약속하는 어머니. 반면 "날씨가 안 좋을 것 같다"라며 찬물을 끼얹는 철학교수인 아버지. 인적이 끊긴 별장을 묘사하는 2부는 마치 바람이 이야기하는 듯한 문체로 시간의 추이를 그리고, 3부에서 드디어 등대행이 실현된다. 가족과 손님들이 주고받는 대화, 정원 산책, 뜨개질. 큰 사건은 없지만 인물들의 마음속에서는 여러 가지 심경의 변화가 일어나고 수많은 상념이 스쳐 지나간다. 동상이몽과도 같은 '의식의 흐름'을 울프 특유의 기법으로 따라가는 모더니즘 문학의 금자탑.

지시문

1920~1930년대 '모더니즘 문학'을 이끈 작가 버지니아 울프의 대표작입니다. 특징은 인물의 '의식의 흐름'을 따라가는 내면 묘사, 그리고 그것을 삼인칭 다원 시점에서(여러 인물의 시선으로) 서술한다는 점입니다. 지문 역시 화자 시점으로만 쓰지는 않았습니다. 따라서 항상 누구의 시점에서 서술하는지, 누가 이야기하는지, 그 사람의 어조는 어떤지 주의하며 번역해야 합니다. 과제문 A는 다음 날 등대에 가는 것에 관해 가족끼리 이야기를 나누는 장면입니다. 과제문 B는 램지 부인이 지금 뜨고 있는 양말의 길이를 확인하기 위해 막내의 다리에 대보는 장면입니다. 그러는 동안 여러 생각이 교차합니다.

『등대로』과제문 A

"But it may be fine — I expect it will be fine," said Mrs. Ramsay, making some little twist of the reddish-brown stocking she was knitting, impatiently. If she finished it tonight, if they did go to the Lighthouse after all, it was to be given to the Lighthouse keeper for his little boy, who was threatened with a tuberculous hip; together with a pile of old magazines, and some tobacco, indeed, whatever she could find lying about, not really wanted, but only littering the room, to give those poor fellows who must be bored to death sitting all day with nothing to do but polish the lamp and trim the wick and rake about on their scrap of garden, something to amuse them.

(1장에서)

『등대로』과제문 B

"And even if it isn't fine tomorrow," said Mrs. Ramsay, raising her eyes to glance at William Bankes and

Lily Briscoe as they passed, "it will be another day. And now," she said, thinking that Lily's charm was her Chinese eyes, (……) "and now stand up, and let me measure your leg," for they might go to the Light-house after all, and she must see if the stocking did not need to be an inch or two longer in the leg.

Smiling, for an admirable idea had flashed upon her this very second — William and Lily should marry — she took the heather mixture stocking, with its criss-cross of steel needles at the mouth of it, and mea-sured it against James's leg.

"My dear, stand still," she said, (……)　　(5장에서)

～～～～～～～～～～～～～～～～～～～～～～～～

문체의 특징

이번 장에서는 다양한 시점이 혼재하는 '삼인칭 다원 시점 문체'의 번역 방법에 관해 생각해 보겠습니다. 지금까지 각 장에서 다룬 작품은 『호밀밭의 파수꾼』처럼 일인칭 문체이거나, 『이상한 나라의 앨리스』처럼 삼인칭 문체라도 거의 한 사람의 시점에서 쓰였거나, 『폭풍의 언덕』처럼 화자가 인물의 내면 묘사에 관여하지 않거나,『피그말리온』처럼 희곡이었습니다. 시점이 화자에서 인물의 내면으로, 또 다른 인물로 이동해 가는 작품은『등대로』가 처음입니다.

　　과제문 A와 B에 모두 등장하는 인물이 램지 부인이라는 여성입니다. 유명한 학자 남편과 그 사이에 수학자를 지망하는 큰아들, 결혼 적령기인 큰딸부터 막내아들까지 여덟 명의 자녀를 둔 50대 주부로 상당한 미인입니다. 지금도 젊은 연구자의 마음을 빼앗고 중년 독신 남성에게 흠모의 대상이 되는 등 인기가 식을 줄 모릅니다. 패션 감각도 뛰어나고 요리는 프로 못지않은 데다 아이들이 어느 정도 크면 사업을 시작해 사회에 공헌하고 싶다는 야망도 가진, 현대 여성지의 표지를 장식할 법한 '슈퍼우먼'입니다. 하지만 때로는 '난 가족을 위해서만 살아온 빈껍데기가 아닐까' 하고 고뇌하기도 합니다.

　　이 작품에서는 신구 세대교체가 그려집니다. 신세대를 대표하는 여성은 화가로 자립하기를 꿈꾸는 릴리 브리스코, 구세대를 대표하는 인물은 램지 부인입니다. 지금 보기엔 오히려 램지 부인이 더 신세대 같기도 하지만요. 이 두 여성을 중심으로 시점이 여러 인물에게로 옮겨 갑니다.

화자의 특권

그럼 과제문 A의 첫머리를 봅시다. ~said Mrs. Ramsay, making some little twist of the reddish-brown stocking she was knitting, impatiently라는 부분입니다. 앞에서 남편이 "내일 비가 올 것 같다"라고 눈치 없이 찬물을 끼얹는 바람에 램지 부인의 심기가 불편한 상황이므로 마지막의 impatiently를 눈여겨볼 필요가 있습니다.

램지 부인의 모습을 서술한 부분인데, 뜨개질을 하는 손의 묘사가 '적갈색 양말을 조금 틀어쥐면서'라는 식으로 다소 대략적인 것으로 보아 약간 떨어져서 보고 있는 느낌입니다. 그렇다면 누가 보고 있는 걸까요. 테라스를 서성이는 남편 램지는 아내를 보고 있지 않습니다. 가까이에 있는 막내 제임스의 시점도 아닙니다. 굳이 말하자면 화자가 보고 있는 것이겠지요.

부인의 대사를 수식하는 impatiently를 대부분은 '짜증스러운지' '화가 난 듯'과 같이 겉모습에 관한 표현으로 번역합니다. 그 이유는 무엇일까요. '불끈해서' '울컥해서'로 번역하면 안 될까요? '~지' '~듯'에는 '겉으로는 그래 보이지만 속은 모른다'는 뜻이 담겨 있습니다. 그렇다면 화자가 '적어도 내 눈에는 부인이 짜증스럽게 보이지만' 하고 말하는 걸까요? 화자는 등장인물의 심리를 알지 못하는 걸까요? 적어도 이 장면에서는 그렇지 않다고 생각합니다.

삼인칭이라도 소설의 화자는 기본적으로 등장인물의 마음속을 들여다보고 대변할 특권이 있습니다. 그 특권을 행사하느냐 하지 않느냐는 작자의 의도나 작품 스타일에 달려 있겠지만, 그렇다고 감정을 나타내는 부사를 매번 '~지' '~듯'으로 번역할 필요는 없습니다. 이 부분에서는 (찬물을 끼얹는 남편의 말에) '참다못해' '속이 끓어서' '짜증을 내며' 등으로 번역해도 괜찮다고 봅니다. 혹은 '~라고 말하는 부인의 목소리에는 짜증이 배어 있었다'같이 번역하는 방법도 있겠지요.

그 밖에 angrily, happily, nervously 같은 부사도 '화가 난 듯' '행복한 듯' '신경이 예민해졌는지'가 아니라, 때에 따라 각각 '홧김에' '흡족하게' '긴장해서' 등으로 번역할 수도 있을 것입니다.

'~지' '~듯'처럼 번역해야 할 것 같은 느낌이 드는 건 일본어의 성질과도 관계가 있을 것입니다. 영어가 기본적으로 '주어+동사+목적어/보어'의 문장구조를 유지하는 것과 달리 일본어는 '누가 누구에게 말하나' 같은 '시점과 방향'이 정해져야 문장이 성립합니다. 그렇기 때문에 '신처럼 전능한 누군가가 모든 것을 간파하고 불특정 독자에게 이야기하는' 문체를 접하면 조금은 불안정하게 느껴지고 거부감이 드는지도 모르겠습니다. 참고로 나쓰메 소세키는 작자와 화자는 소설 속에 두루 퍼져 있다고 했으며, 타인의 마음속을 어찌 알 수 있냐는 질문에 그것을 아는 이가 소설의 화자다, 그러니 더 말할 것도 없다고 단언한 바 있습니다.

차츰 '목소리'가 강해지다

그다음은 If she finished it tonight, if they did go to the Lighthouse after all, it was to be given to the Lighthouse keeper for his little boy로 이어집니다. '오늘 밤에 양말을 다 뜨고 드디어 등대에 가게 되면, 이걸 어린 아들에게 신기라고 등대지기에게 줘야지'라는 내

용입니다. who 이하에서 어린 아들이 어떤 병을 앓는지 설명하고 있습니다. 그 뒤에 세미콜론으로 연결된 to-gether with a pile of old magazines, and some tobacco 라는 구절이 나옵니다. 세미콜론에는 앞 문장을 보충하는 기능도 있습니다. '양말과 함께 묶은 잡지도 한 무더기, 담배도 조금 줘야겠어'라며 떠오르는 대로 하나씩 덧붙이는 것입니다. 생각은 계속해서 이어져 indeed, whatever she could find lying about, not really want-ed, but only littering the room, 즉 '이참에 별 필요도 없이 방에 나뒹구는 것은 뭐든 줘 버려야겠어'로 연결됩니다.

왜 그런 것을 주느냐 하면, to give those poor fel-lows who must be bored to death sitting all day with nothing to do but polish the lamp and trim the wick and rake about on their scrap of garden, something to amuse them에서 알 수 있듯이 '등을 닦거나 뭐 그런 것밖에는 할 일도 없이 하루 종일 죽도록 따분하게 지낼게 뻔한 그 불쌍한 가족에게 조금이나마 오락거리를 주자' 하는 마음에서입니다.

장황하게 부연 설명이 이어지는 탓에 계획성 없는

서술로 보일지도 모릅니다. 하지만 이런 식으로 생각이 꼬리에 꼬리를 물고 이어지는 이는 화자가 아니라 램지 부인입니다. 그녀의 의식 흐름이 고스란히 문체로 나타나는 것이죠. 사람의 의식은 기계처럼 질서정연하게 흘러가지 않으니까요.

　문장이 진행될수록 점점 화자가 램지 부인의 목소리를 대변하는 느낌 혹은 램지 부인의 목소리가 지문에 울려 퍼지는 느낌이 들지 않나요?

대화와 지문이 합쳐지다

인물의 목소리가 지문에서 드러나는 예는 과제문 B에도 나옵니다.

(⋯⋯) "and now stand up, and let me measure your leg," for they might go to the Lighthouse after all, and she must see if the stocking did not need to be an inch or two longer in the leg.

"잠깐 일어나 보렴, 다리에 양말을 한번 대보자"라

고 램지 부인이 막내에게 말합니다. 이 대사 다음에 곧바로 for로 시작하는 문장이 이어집니다. 이 for는 앞 문장을 받아서 '왜 이렇게 말하느냐면' 하고 이유를 보충 설명하는 역할을 합니다(4장 참조). '결국 등대에 갈 텐데 (등대지기의 아이에게 줬더니) 길이가 1~2인치 짧으면 곤란하니까 미리 확인하기 위해서'라는 뜻입니다.

일반적인 경우 누구의 대사인지 알려 주는 she said 같은 '스피치 태그'로 일단 대화문을 묶은 다음 She should do it right away, for~ 하고 독립된 문장으로 시작할 겁니다. 그런데 여기에서는 대사에 지문이 붙어 일체화되었습니다. 바꿔 말하면 지문이 대사의 일부처럼 쓰인 것이죠. 이런 부분에서는 등장인물의 목소리를 어렴풋이 느낄 수 있습니다.

이러한 화법(자유 간접화법)에 관해서는 10장에서 자세히 살펴보겠습니다.

털실 색깔이 바뀌다?

이 작품에는 뜨개질 장면이 자주 등장합니다. 1부에서 램지 부인이 줄곧 뜨고 있는 것이 a reddish-brown

stocking입니다. 붉은 기가 도는 갈색, 즉 적갈색 양말
이죠. 대부분의 장면에서 reddish-brown이라고 묘사되
어 있는데, 예외적으로 과제문 B처럼 묘사한 부분도 있
습니다.

　　램지 부인이 "내일 날씨가 좋지 않더라도 기회는
또 있을 거야"라고 막내를 달래다 마침 창문 앞을 지나
던 두 사람 윌리엄 뱅크스와 릴리 브리스코를 보며 릴리
의 매력을 새삼 깨닫고, 다시 양말 길이를 확인하려는
순간 두 사람이 결혼하면 되겠다는 데 생각이 미치는데,
그러는 와중에 양말을 막내의 다리에 대봅니다. 대사와
동작, 그리고 그것과는 관계없는 시선의 움직임과 상념
이 동시에 그려지고 있으므로 주의 깊게 읽기 바랍니다.

　　she took the heather mixture stocking, with its
criss-cross of steel needles at the mouth of it, and
measured it against James's leg. 여기서는 조금 전까지
'적갈색'이라고 묘사한 양말을 '혼색 모직물'로 바꿔 묘
사했습니다. heather란 북잉글랜드 등지에서 볼 수 있
는 '히스'를 뜻합니다. 히스란 보라색, 하얀색, 분홍색,
노란색 등의 종 모양 꽃이 피는 상록관목 또는 이런 꽃
이 피는 산야나 황야를 가리킵니다. 『폭풍의 언덕』에도

나오죠. 부인이 이런 혼색 털실로 양말을 뜬다는 말인데, '적갈색'과는 색의 이미지가 상당히 다릅니다.

번역 강좌에서는 "아가는 해 질 무렵이라 석양이 비쳐 붉게 보인 게 아닐까요?"라는 의견도 나왔는데, 낮이나 깊은 밤에도 '적갈색'이라고 묘사한 걸 보면 그런 이유는 아닌 듯합니다. 조금 전 장면과의 차이점이라면, 과제문 A에서는 남편과 대화를 하기도 하고 가위와 종이를 가지고 노는 막내를 지켜보기도 하고 무언가를 생각하기도 하면서 뜨개질을 합니다. 뜨개질하는 손을 자신이 보고 있지는 않습니다. 과제문 B에서도 뭔가를 생각하거나 대화를 하기는 하지만, 조금 전과 다르게 아들의 다리에 대보고 싶어 양말을 가만히 바라봅니다. 여기까지 설명했을 때 이런 의견이 나왔습니다.

"아, 그럼 거리의 문제 아닐까요? 떨어져서 보면 적갈색 같지만 가까이서 보면 여러 가지 색이 섞인 혼색 모직물이란 게 눈에 들어오는 거죠."

제 생각도 그렇습니다. 클로즈업으로 보면 사실은 단색 털실이 아니라 몇 가지 색이 섞인 혼색일 겁니다. 지금까지는 조금 거리를 둔 시점에서 묘사했기 때문에 색이 뒤섞여 적갈색처럼 보였지만, 이제는 'heather mixture'로 보입니다. 다시 말해 누군가의 시선이 그곳으로 이동했고, 그 인물의 눈을 통해 보고 있는 게 아닐까요. 그 인물은 물론 램지 부인이겠지요.

　뜨개질을 잘 아는 램지 부인의 눈에만 털실이 '혼색 모직물'으로 보이는 것입니다. 천재 철학자이지만 실생활에는 어두운 램지 씨였다면 어땠을까요? 정원에 핀 꽃도 그저 여러 색이 뒤섞인 걸로 보이는 사람이니, 아무리 양말을 가까이에서 본들 '혼색'이나 '모직물'이라고 인식할 수 있을까요. '털실'인 것만 알아봐도 다행이죠. 기껏해야 '색이 뒤섞인 무언가'로 보이는 게 전부일 겁니다.

사람은 아는 색밖에 보이지 않는다

사람은 자기가 아는 말로만 생각하고 그것을 통해서만 세계를 본다고 합니다. 그럼 시험 삼아 램지 부인이 아니라 램지 씨가 양말을 보는 장면을 인용할 테니 번역해보기 바랍니다. 램지 부부의 집에서 열린 저녁 식사 모임이 끝나고, 늦은 밤 부부가 오붓한 시간을 보내는 장면입니다. 아름다운 부인은 남편이 자신을 넋 놓고 바라보는 것을 눈치채고는 뜨고 있던 양말을 들고 자리에서 일어나 남편의 시선을 느끼며 창가로 갑니다. 램지 씨의 눈에 털실 양말은 혼색 모직물은커녕 얼핏 적갈색으로 보이는 실 뭉치에 불과합니다. 이 애처가는 털실에 관해서는 아는 것도 없고 관심도 없으며 그저 눈으로 절세미인인 아내를 쳐다보기 바쁘니까요.

~~~~~~

『등대로』과제문 C

For she felt that he was still looking at her, but that his look had changed. He wanted something — wanted the thing she always found it so difficult to give him; wanted her to tell him that she loved him. (……) Getting up she stood at the window with the reddish-brown stocking in her hands, partly to turn away from him, partly because she did not mind looking now, with him watching, at the Lighthouse. For she knew that he had turned his head as she turned; he was watching her. She knew that he was thinking, You are more beautiful than ever. And she felt herself very beautiful. Will you not tell me just for once that you love me? (19장에서)

~~~~~~

8장

제인 오스틴, 『오만과 편견』

∥

'신사 숙녀의 경칭'을 번역하면
'이웃의 허세'가 보인다

줄거리

다섯 자매가 있는 베넷 집안의 이웃 '네더필드 파크' 저택에 세입자가 들어온다. 이사 온 사람은 찰스 빙리라는 부유하고 잘생긴 미혼 남성. 상냥하고 대인관계도 좋아 사교계의 인기 스타다. 베넷 부부는 딸 가운데 한 명을 그에게 시집보내려고 안달한다. 큰딸이자 미모가 뛰어난 제인을 파티에서 본 빙리는 첫눈에 반해 제인에게 다가가지만, 둘 사이를 갈라놓으려는 그의 여동생들이 훼방을 놓는다. 한편 빙리의 친구 피츠윌리엄 다아시는 상당한 자산가의 상속자에 용모도 뛰어나지만 오만한 말투와 태도로 사람들의 미움을 산다. 그는 베넷 집안의 당찬 둘째 딸 엘리자베스에게 거절당하면서도 점점 사랑을 느낀다. 결혼 적령기 남녀가 사랑의 쟁탈전을 벌이며 오만과 편견, 허영심과 의심을 버리고 진정한 애정을 발견해 가는 웃음과 풍자, 감동이 뒤섞인 결혼담.

지시문

영국 상류사회의 생활과 결혼을 둘러싼 소동을 그린 『오만과 편견』. 연애결혼 소설의 원조이자 결정판이라 할 수 있습니다. 느긋하고 한가롭게 보일지 모르지만 사실은 날카로운 비평을 겸비한 신랄한 사회풍자 소설이기도 합니다.

과제문은 빙리의 저택에서 무도회가 열린 다음 날 아침의 장면입니다. 결혼 상대를 물색하는 모임이나 파티가 끝나면 여성 참가자는 꼭 어머니와 '자체 평가' 시간을 갖지요. 겉으로는 우아하지만 은근한 기 싸움과 서열 다툼이 벌어지는 분위기를 표현해야 합니다. 인물의 경칭이나 호칭에도 주의를 기울이기 바랍니다.

『오만과 편견』 과제문

Lady Lucas was a very good kind of woman, not too clever to be a valuable neighbour to Mrs. Bennet. — They had several children. The eldest of them a sensible, intelligent, young woman, about twenty-seven, was Elizabeth's intimate friend.

That the Miss Lucases and the Miss Bennets should meet to talk over a ball was absolutely necessary; and the morning after the assembly brought the former to Longbourn to hear and to communicate.

"You began the evening well, Charlotte," said Mrs. Bennet with civil self-command to Miss Lucas. "You were Mr. Bingley's first choice."

"Yes; — but he seemed to like his second better."

"Oh! — you mean Jane, I suppose — because he danced with her twice. To be sure that did seem as if he admired her — indeed I rather believe he did — I heard something about it — but I hardly know what — something about Mr. Robinson."

"Perhaps you mean what I overheard between him and Mr. Robinson; did not I mention it to you? Mr.

Robinson's asking him how he liked our Meryton*
assemblies, and whether he did not think there were
a great many pretty women in the room, and which he
thought the prettiest? and his answering immediate-
ly to the last question — Oh! the eldest Miss Bennet
beyond a doubt, there cannot be two opinions on that
point."

(5장에서)

모든 소동의 근원은 '한사상속제'

『오만과 편견』의 재미와 스릴, 쓴맛과 단맛을 다 맛보
려면 당시 영국 사회제도에 관한 지식이 어느 정도 있어
야 합니다. 우선 짚고 넘어가야 할 필수 단어는 entail-
ment(한사상속제)입니다. 3장에서도 잠깐 언급했지만 다
시 한번 자세히 살펴보겠습니다.

이는 상속에 의해 재산이 분산되는 것을 막기 위해
작위와 토지, 저택 등 부동산을 장남이 전부 물려받는
제도입니다. 유럽에서도 영국 귀족이 늦게까지 이 상속
제도를 유지했습니다.

20세기 초를 배경으로 한 TV 드라마『다운튼 애비』

---

* 베넷 집안이 사는 롱본 마을과 가까운 동네. 베넷 부인의
친정이 있다.

나 뮤지컬 『미 앤드 마이 걸』 그리고 『폭풍의 언덕』 등에서 여러 소동이 일어나는 이유도 전부 이 제도 때문입니다. 대를 이을 남자가 없는 집안은 먼 친척(때로는 생판 모르는) 등의 남성을 상속인으로 세워야 합니다. 심지어 그 사람이 평민인 경우도 있습니다. 이 작품에서 베넷 집안은 딸만 다섯이라 아버지의 재산을 먼 친척 남성인 콜린스가 물려받게 되어 있습니다.

한편 차남 이하의 아들에게는 재산을 물려주지 않고 독립시키다 보니, 자신의 능력으로 살아가야 하는 그들은 의사나 변호사, 군인, 사업가 등으로 성공하는 경우가 많았습니다. 이것이 영국의 산업과 경제 발전에 기여하고 그 나라를 유럽에서 제일가는 대국으로 끌어올린 면도 있습니다.

부모나 딸 본인이 가능한 한 조건이 좋은 남성과 결혼하기를 바라고, 때로는 냉혹한 술책을 꾸미거나 쟁탈전을 벌이는 것도 마다하지 않는 이유겠지요.

등장인물은 귀족이 아니다?

영국의 귀족과 상류층은 계급에 따라 경칭과 호칭이 세

분화되었습니다. 그 차이를 알면 등장인물의 심경 변화나 시샘, 무시, 동경을 파악하는 데 도움이 될 것입니다.

베넷 집안의 가장이나 빙리, 다아시는 힘들게 일하지 않고 저택에서 화려한 생활을 하는 것처럼 보입니다. 그러나 등장인물 대부분은 정식 귀족(aristocracy/peerage=작위를 가진 귀족/귀족원의 구성원)이 아닙니다. 정식 귀족은 다섯 계급뿐입니다. 높은 순서대로 보면 Duke(공작), Marquess(후작), Earl(백작), Viscount(자작), Baron(남작)이 그것이지요.

한편 이 작품의 등장인물 대부분은 '젠트리'라고 불리는 귀족 아래 계급입니다. 귀족 작위는 없지만 토지와 그에 따른 수입이 있는 지주입니다. 이는 다시 네 계급으로 나뉩니다. 작품을 읽을 때 필요하므로 잠깐 설명하고 넘어가겠습니다.

(1) Baronet(준남작): 네 계급 중에서 준남작만 세습 가능한 칭호. 17세기에 생겨난 계급으로 당사자를 부르는 호칭은 'Sir'.

(2) Knight(나이트): 원래 군대 계급을 나타내는 말이었는데, 국왕에 대한 공헌이나 공로에 따라 수여된다.

호칭은 마찬가지로 'Sir'이지만 준남작과 달리 세습되지 않는다.

(3) Esquire(에스콰이어): 준말은 'Esq'. 관습에 따라 법정 변호사나 런던 시장 외 대도시 시장, 치안판사 등이 이 계급으로 간주되었다. 호칭은 'Mister'.

(4) Gentlemen(젠틀맨): 일반명사 '신사'가 아니라 '젠틀맨'이라는 하나의 계급. 출신이 좋고 지위가 높으며 중요한 사회적 위치에 있어 기본적으로는 일하지 않아도 생활할 수 있을 만큼 부유한 사람들이 젠틀맨으로 간주된다. 호칭은 'Mister'.*

복잡하기 그지없는 칭호와 경칭을 표로 정리해 두겠습니다. 여간해선 외우기 힘듭니다!

---

*대개 준남작과 나이트까지가 Nobility(준귀족)로 여겨졌다.

귀족·젠트리의 칭호와 경칭*

가족	본인(~of London)	아내(~of London)	작위 승계 전의 장남 (John White)	준남작 이하의 상태(Brown)와 결혼한 딸 (Mary)
Duke(공작)	Duke	Duchess	Lord London	Lady Mary(퍼스트 네임) (Brown)
Marquess(후작)	Lord London	Lady London	Lord London	Lady Mary(퍼스트 네임) (Brown)
Earl(백작)	Lord London	Lady London	Lord London	Lady Mary(퍼스트 네임) (Brown)
Viscount(자작)	Lord London	Lady London	Mr. White (예우 칭호 없음)	결혼 상태의 계급에 따라 Lady or Mrs. Brown(남편의 성)
Baron(남작)	Lord London	Lady London	Mr. White (예우 칭호 없음)	결혼 상태의 계급에 따라 Lady or Mrs. Brown(남편의 성)

젠트리	본인(Thomas Brown)	아내	승계 전의 아들	준남작 이하의 상태(Green)와 결혼한 딸
Baronet(준남작)	Sir Thomas (퍼스트 네임) (Brown)	Lady Brown(남편의 성)	Mr. Brown(예우 칭호 없음)	결혼 상태의 계급에 따라 Lady or Mrs. Green(남편의 성)
Knight(나이트)	Sir Thomas (퍼스트 네임) (Brown)	Lady Brown(남편의 성)	Mr. Brown(세습되지 않음)	결혼 상태의 계급에 따라 Lady or Mrs. Green(남편의 성)

* 공작, 후작, 백작의 장남은 작위 승계 전까지 이례적으로 아버지보다 한 단계 아래 칭호를 받는다(예우 칭호). 자작, 남작에게는 해당되지 않는다.

귀족·젠트리의 칭호와 경칭

귀족의 딸이 귀족(공작, 후작, 백작, 자작, 남작)과 결혼하면 상대의 계급과 경칭을 따라갑니다.

작위를 가진 사람과의 결혼이라면 자신보다 위든 아래든 레이디 런던(레이디+지명)으로 불리게 됩니다. 그러나 준남작 이하(평민 포함)와 결혼했을 경우(실제로 흔한 일이었습니다)에는 친정의 계급에 따른 호칭(레이디+자신의 퍼스트 네임)이 유지되었습니다. 다만 이렇게 친정의 호칭이 유지되는 것은 공작, 후작, 백작의 딸까지입니다. 자작과 남작의 딸은 해당되지 않습니다.

예를 들어 나이트의 아내가 된 평민 여성의 경우 레이디 브라운(남편의 성이 붙음)이라는 호칭을 갖게 되지만, 나이트의 아내가 된 백작 집안 여성은 레이디 메리(자신의 퍼스트 네임이 붙음)가 되기 때문에 '아, 이 사람은 나이트의 부인이지만 출신은 백작 집안 이상이구나' 하고 알 수 있습니다. 풀네임은 레이디 메리 브라운입니다.

자작이나 남작의 딸이 준남작 이하와 결혼하면 레이디 브라운(남편의 성이 붙음)이 되므로 이들과 구분을 짓고 싶었을 것입니다.

레이디 뒤에 남편의 성이 오는지 자신의 퍼스트 네임이 오는지로 지위가 확실히 구분되기 때문에 다아시의 이모이자 백작 집안의 딸인 캐서린과 앤은 그것에 집착합니다.

한편으로는 자작과 남작의 딸도 그 이하 계급과 구별을 짓고 싶겠죠. 레이디 브라운이라고만 하면 준남작 이하 출신과 구별되지 않기 때문에 봉투의 수신인 등을 쓸 때 The Hon. Lady Brown처럼 The Honourable의 준말을 붙입니다.

또 작위 승계 전인 아들의 경우 아버지보다 계급이 아래입니다(대개 한 단계 아래). 공작의 장남이라면 대부분 후작이라는 '예우 칭호'courtesy title를 받고 상속하면 공작으로 격상됩니다. 예우 칭호 제도도 백작까지만 해당됩니다. 그 아래는 Mr.이지만 자작과 남작의 장남도 역시 수신인 등에 The Hon.을 붙입니다.

이렇게 공작, 후작, 백작 세 계급은 특별 대우를 받는 귀족입니다. 그중 계급이 가장 낮은 백작 집안사람은 드라마나 소설에서 격식에 민감하고 어떻게든 가문의 이름을 자랑하고 싶어 하는 사람들로 묘사되는 경우가 많은 것 같습니다.

칭찬하는 거야, 비꼬는 거야?

그럼 과제문 첫째 줄부터 보겠습니다.

> Lady Lucas was a very good kind of woman, not too clever to be a valuable neighbour to Mrs. Bennet. ─ They had several children.

여기에서 헷갈리기 쉬운 것은 too~ to…(너무 ~해서 …할 수 없다)라는 관용구에 not이 붙어 부정형으로 쓰였다는 점입니다. 많은 사람이 "루커스 부인은 아주 선량한 타입의 여성이었지만, 그다지 영리하지 않아서 베넷 부인의 소중한 이웃은 될 수 없었다"라거나 "루커스 부인은 인품은 무척 좋았지만, 베넷 부인의 이웃으로 흡족할 만큼 영리하지는 않았다"라는 식으로 번역했습니다. 베넷 부인이 굳이 이웃으로 사귈 만한 가치가 없는 상대라는 뜻입니다.

아주 고약한 말입니다. 하지만 이렇게 직설적으로 조롱하는 건 오스틴의 스타일이 아닙니다. 실제로는 반대 의미인데, 한 번 더 비꼰 표현입니다. 오스틴식 빈정거림에 말려선 안 됩니다. 세상의 상식과 반하는 이야기일지라도 말입니다.

구문적으로 보면 not은 그 이하를 통째로 부정합니다. '…하기에 너무 ~한 것은 아니다'라는 뜻입니다. 음, 이해하기 어려운가요. 앞에서부터 번역해 '그리 ~하지 않아서 …할 수 있다'라고 하면 뜻이 통할 겁니다. 즉 이 부분은 '레이디 루커스는 유익한 이웃이다'라는 뜻입니다.

뭐, 칭찬이었어? 아니요, 거기에서 한 번 더 비틉니다. 어째서 가치 있는 이웃인가 하면, not too clever이기 때문입니다. 정리하면 '레이디 루커스라는 여성은 선량한 데다 적당히 맹해서 미시즈 베넷에게는 귀중한 이웃이었다'라는 말입니다. 지나치게 명민하면 자기 뜻대로 휘두를 수 없고 적당히 숨겨 두고 싶은 것도 전부 알아차려 버리겠죠. 하지만 그저 그런 머리라서 좋은 정보원 역할을 해 주고 있습니다. valuable에는 '적당한'이라는 속뜻도 담겨 있는 것 같습니다.

출신, 칭호, 돈 중에 가장 효력이 큰 것은?

당시 영국은 계급의식이 매우 강했지만, 산업혁명 이후 신흥 부유층이 생겨나면서 재력으로 귀족을 압도하는 집안이 등장했습니다. 그러나 역시 일을 하지 않고 부동산 수입만으로 생활할 수 있는 사람이야말로 '지체 높은' 신분이었고, 아무리 의사나 변호사, 성직자, 대실업가라도 생업을 가진 사람은 멸시를 받는 면이 있었습니다. 명예와 실리의 싸움이죠. 그런 점도 염두에 두고 읽어 봅시다.

Lady Lucas와 Mrs. Bennet을 '루커스 부인' '베넷 부인'이라고 똑같이 '부인'으로 번역한 사람도 있었지만, 앞에서 살펴본 칭호와 경칭에 관한 내용을 감안하면 두 사람을 지칭하는 말에 차이를 두는 게 좋을 것입니다. 칭호를 정리해 둔 표도 참조하면서 읽어 보세요.

루커스 부인은 Lady Lucas로 '레이디'라는 경칭이 붙어 있군요. 귀족 계급인 후작부터 젠트리 계급인 나이트의 아내까지는 '미시즈'가 아닌 '레이디'가 붙습니다. 다시 말해 '레이디'라고 부를 수 있는 건 후작, 백작, 자작, 남작, 준남작, 나이트의 아내뿐입니다. 이 차이가 매우 중요합니다! 그런데 레이디 뒤에 남편의 성이 붙었습니다. 그리고 이 장면에는 나오지 않는 루커스 집안의 가장은 Sir William Lucas, 즉 '서'로 불립니다. 이를 통해 신분이 '나이트' 이상 귀족 미만임을 알 수 있습니다. 사실 루커스는 원래 상인이었는데 성공해서 '나이트'란 칭호를 얻은 것입니다.

한편 롱본에 토지를 소유한 베넷은 한 해에 적어도 2천 파운드 정도의 부동산 수입이 있습니다. 젠트리 계급이지만 부부의 경칭을 보면 Mr.와 Mrs. 뒤에 성이 오므로 나이트 미만의 신분임을 알 수 있습니다. 또한 생활 면에서 미시즈 베넷은 돌아가신 아버지에게 받은 4천 파운드의 지참금이 있지만 가계 상황은 그리 좋지 않은 듯합니다.

그럼 미시즈 베넷이 딸의 결혼 상대로 노리는 찰스 빙리는 어떨까요? 역시 경칭은 Mister로 신분은 거의 동등하지만 돌아가신 아버지가 상업으로 큰 부를 쌓아 상속받은 재산이 10만 파운드에 찰스 본인의 한 해 수입도 4~5천 파운드에 달합니다. 찰스의 누이들(미혼과 기혼) 역시 각각 2만 파운드의 재산을 소유한 데다 런던의 일류 사립학교 출신이라 베넷 집안을 낮춰 봅니다.

그렇지만 빙리의 경우 애초에 재산이 아버지의 사업 수입에서 나온 것이라 고귀함이 약간 떨어진다고도 말할 수 있습니다. 10만 파운드의 재산도 '아버지가 토지를 사려고 계획했던 자금'이고 '네더필드 저택은 세든 집'이라는 점에서 수입과 재산은 꽤 있지만 격식 면에선 오히려 베넷 집안보다 아래가 아닐까 하는 견해도 있습니다.

상당히 좀스러운 이야기지만 당시 이 계급에겐 중요한 문제였으므로 작품에 소상히 그려집니다. 참고로 다아시는 돌아가신 아버지가 대지주였던 덕에 연간 만 파운드나 되는 수입이 있는데도 경칭은 Mr.입니다. 아버지에게 고귀한 칭호를 물려받지 못했음을 알 수 있습니다. 그러나 외가 쪽은 백작 집안이라 어머니는 Lady Anne (Darcy), 다아시를 사윗감으로 탐내는 그의 이모는 (The Right Honourable) Lady Catherine (de Bourgh)입니다. Lady 뒤에 퍼스트 네임(+성)이 오는 걸로 보아 백작의 딸이겠지요. 앤은 평민 남성, 캐서린은 네 계급 아래의 나이트와 결혼했지만, 앞에서 말했듯 백작의 딸이 귀족이 아닌 사람과 결혼한 경우에는 자신의 경칭과 사회적 지위를 유지할 수 있다는 규칙이 있습니

다. 자신의 풀네임을 줄줄이 읊는다고 꼭 허세를 부리는
건 아니었을 겁니다.

결론적으로 경칭을 '~부인' '~씨'로 전부 똑같이 번
역하는 대신 '레이디' '미시즈' '서' '미스터' 등으로 구분
하고, 뒤에 오는 퍼스트 네임이나 성도 원문의 스타일을
그대로 따르는 편이 여러 차이나 의도가 전해져 재미있
을 겁니다.

상하관계란 정말 복잡미묘하죠. 신분으로 보나 경
제적으로 보나 루커스 집안이 베넷 집안보다 위인데도
졸부 장사꾼이라는 이유로 은근히 미시즈 베넷이 윗사
람 행세를 합니다. 이날 아침만 해도 루커스 집안에서
베넷 집안으로 찾아오는 장면이 연출됩니다.

상대가 말하게 하는 화술

그럼 무도회 다음 날 아침이 되자 기다렸다는 듯 라이
벌과 서열 정리를 하는 미시즈 베넷의 교묘한 화술을 볼
까요.

"You began the evening well, Charlotte," said Mrs.

Bennet with civil self-command to Miss Lucas. "You were Mr. Bingley's first choice."

"어젯밤에는 시작이 좋더군요, 샬럿." 미시즈 베넷은 일단 꾹 참고 루커스 집안의 큰딸을 치켜세웠다. "미스터 빙리가 제일 먼저 말을 걸었잖아요."

책사는 다짜고짜 자기 딸의 공적을 떠벌리거나 하지 않습니다. 자랑할 때는 상대를 먼저 칭찬합니다. self-command는 '자제심'이라는 뜻입니다. 추상적인 명사와 형용사가 붙어 있어 번역이 까다롭지만, civil은 본심이야 어찌 됐든 '예의를 지켜' '겉치레 말로'라는 뉘앙스입니다. 예의상 '상대를 치켜세운다'는 느낌입니다. 그러자 샬럿은 순순히 낚이고 맙니다.

"Yes; — but he seemed to like his second better."

"네. 하지만 그분은 두 번째 상대가 더 마음에 드는 눈치였어요."

마치 불빛을 보고 날아드는 나방 같습니다. 그 말을 놓칠 리 없는 미시즈 베넷은 이때다 싶어 제인의 '성과'를 떠벌립니다. 그러나 이번에도 결정적인 말은 자신의 입으로 내뱉지 않습니다. "뭐라고 했지, 언뜻 들은 것 같은데, 그게 그러니까……" 하고 시치미를 떼며 애초에 샬럿에게 들었던 말을 다시 하도록 만듭니다.

> "(……) Mr. Robinson's asking him (……) which he thought the prettiest? and his answering immediately to the last question — Oh! the eldest Miss Bennet beyond a doubt, there cannot be two opinions on that point."

이런, 순진한 샬럿은 보기 좋게 덫에 걸려 "베넷 집안의 큰따님이 가장 미인인 건 말할 것도 없다고 미스터 빙리가 말씀하시던데요"라고 말하고 맙니다.

밑바탕에 깔린 비평 정신

작품에는 여성들의 온갖 야비한 권모술수가 등장합니다. 그렇다면 이 작품은 여성의 그런 면을 꼬집고 비웃는 소설이냐 하면 물론 그렇지 않습니다. 오스틴은 한 수 앞을 읽는 작가였습니다. 그 시대에 노골적인 페미니즘 소설을 썼다면 당연히 누구도 거들떠보지 않고 출판도 불가능했을 겁니다. 그래서 드러나지 않게 은근히 쓰는 방법을 택했습니다. 이 작품의 밑바탕에는 "어차피 남자는 여자를 그렇게 보잖아요?" 하는 남성 중심 사회를 향한 비평과 야유 혹은 "여자가 이렇게밖에 행동할 수 없는 건 사회제도 탓이 아닌가요?"라는 질문과 문제의식이 깔려 있습니다.

오스틴의 소설은 단순히 매끄럽게 번역하는 것에서 한 걸음 더 나아가 이 '삐딱함'을 읽어 내는 게 중요합니다. 오스틴의 비평 정신과 아이러니를 흠뻑 느껴 보기 바랍니다.

9장

그레이엄 그린, 『연애 사건의 종말』

||

'행간'을 번역하면
'남자들의 2라운드'가 보인다

줄거리

무대는 런던 시내, 시대는 1939년부터 1953년 무렵. 주로 제2차세계대전 중반부터 2년 후까지를 그린다. 작품은 비 내리는 어느 겨울날 화자이자 작가인 모리스 벤드릭스가 과거에 불륜 관계였던 세라 마일스의 남편 헨리와 우연히 재회해 헨리에게 요즘 아내가 바람을 피우는 것 같다는 이야기를 듣는 장면으로 시작된다. 세라는 1년 전 런던 공습이 있던 날 모리스를 떠났다. 그는 헨리의 이야기를 듣고 질투심에 불타 탐정에게 세라의 미행을 의뢰하고 동시에 자신도 다시 세라를 만난다. 그러나 세라는 이날 맞은 비 때문에 폐렴에 걸려 3~4주 뒤에 세상을 떠난다. 그 후 모리스는 그녀의 일기를 읽고 수많은 남자와 엮인 세라의 과거를 알게 된다. 세라는 왜 갑자기 모리스와 헤어졌던 걸까? 그녀의 진심은 무엇이었을까? 인간의 사랑과 신앙의 본질을 파헤친 불후의 명작.

지시문

세라가 죽고 그녀의 시신이 안치된 집으로 여러 남자 조문객이 찾아와 자기야말로 세라를 가장 잘 아는 사람이라며 신경전을 벌입니다. 이 장면에 나오는 조문객은 리처드 스미스라는 철저한 무신론자입니다. 공원에서 연설을 하다 세라를 만나 사랑에 빠졌습니다. 그녀가 살아 있을 때 사랑 고백도 했습니다. 대화 상대는 이제 세라의 남편 헨리와 절친한 친구가 된 모리스입니다. 모리스도 무신론자입니다.

　죽은 여자를 둘러싸고 경쟁하는 남자들의 팽팽한 힘겨루기가 잘 표현되도록 번역하기 바랍니다.

『연애 사건의 종말』 과제문 A

He said, "Don't any of you know? She was becoming a Catholic."

"Nonsense."

"She wrote to me. She'd made up her mind. Nothing I could have said would have done any good. She was beginning — instruction. Isn't that the word they use?"

(……)

"That was a shock for you, wasn't it?" I jeered at him, trying to transfer my pain.

"Oh, I was angry of course. But we can't all believe the same things."

"That's not what you used to claim."

He looked at me, as though he were puzzled by my enmity. He said, "Is your name Maurice by any chance?"

"It is."

"She told me about you."

"And I read about you. She made fools of us both."

"I was unreasonable." He said, "Don't you think I could see her?"   (5부 1장에서)

행간의 분위기를 읽어 내다

과제문 A는 세라가 벤드릭스를 떠난 지 1년 뒤에 둘은 재회하지만, 관계가 회복되지 않은 채 머지않아 세라가 죽고 그 후 벌어지는 이른바 '남자들의 2라운드'를 그린 장면입니다. 여자 주인공의 죽음과 함께 연애 사건이 끝난 뒤에도 이야기가 계속되어 작품의 3분의 1을 '후일담'이 차지한다는 사실은 의외로 잘 알려져 있지 않습니다. 하지만 사실 『연애 사건의 종말』은 연애 사건이 끝난 뒤부터가 더 재미있습니다.

앞 장에서 다룬 『오만과 편견』은 여자끼리의 경쟁이었지만, 이번 작품은 남자끼리의 서열 다툼이라고 할 수 있습니다. 실탄은 오가지 않는 심리전. 세라를 둘러싼 남자들을 보면, 그녀의 남편이자 고위 관료인 헨리, 세라가 죽고 헨리와 동거(!)하게 되는 전 애인 모리스, 무신론자 스미스, 가톨릭 신부 크럼프턴, 심지어 세라를 미행했던 사설탐정까지 그녀를 좋아하고, 그 밖에도 세라와 한때 애인 관계였던 헨리의 상사까지 있습니다. 그러나 세라가 마음을 바친 상대는 놀랄 만한 인물이었습니다.

그린의 소설 전반에 나타나는 특징인데, 이 작품 역시 대화문에 군더더기가 없습니다. 여분의 정보가 없고 글에 드러나지 않는 내용이 많아 대화의 미묘한 흐름이나 말 속에 숨은 뜻, 행간의 분위기를 파악해 번역하지 않으면 개연성이 떨어지고 어색한 번역문이 되어버리므로 주의하기 바랍니다.

남자들의 서열 다툼

그럼 과제문을 살펴보겠습니다. 스미스가 조문을 왔을 때 헨리는 수면제를 먹고 잠든 터라 모리스가 그를 맞이합니다. 모리스는 이 손님이 세라와 어떤 관계였는지 알고 있지만 스미스는 모리스가 누구인지 아직 모릅니다.

모리스는 고인의 남편과 일면식도 없으면서 집으로 불쑥 찾아온 스미스를 비난합니다. 너와 달리 나는 이제 헨리와 가족 같은 사이라며(이때도 헨리의 파자마를 빌려 입고 있습니다) 마음속으로 우월감을 갖습니다. 그 모습이 어쭙잖지만 스미스도 지지 않습니다. 상대가 모르는 충격적인 정보를 떡하니 내놓지요.

"여기 분들은 아무도 모르십니까? 그녀는 가톨릭에 입교하려 했어요."

이어지는 모리스의 "Nonsense"라는 빠른 부정과 또 기다렸다는 듯 맞받아치는 "She wrote to me"라는 말 사이의 간격을 유의해서 보기 바랍니다.

"무의미한 말이오."
"그녀는 제게 편지를 썼습니다."

이런 식으로 번역하는 경우가 많은데, 그러면 두 문장의 연관성이나 숨은 뜻이 전달되지 않아 긴박감과 말의 가시가 사라지고 맙니다.

"당치도 않은 소리."
"본인이 편지로 말한 겁니다."

이런 느낌이 아닐까요. 가톨릭 입교 사실을 모리스

가 말도 안 된다고 일축하자 스미스가 반격을 가합니다. She wrote to me라는 간결한 문장에는 '나는 다른 사람도 아니고 세라에게 직접 들었다, 그 정도로 친밀한 사이였다'라는 뜻이 숨어 있습니다. '그녀'가 아니라 '본인'으로 번역하는 게 공격 효과가 클 것입니다.

모리스는 이때까지 세라의 비밀 일기를 읽었다는 이유로 자신이 적보다 위에 있다고 생각했습니다. 그런데 이런 중대한 결심을 몰랐다는 사실에 절망합니다. 하지만 굴하지 않습니다. 바로 이렇게 나오지요. 즉 "충격이었겠군요"라며 안됐다는 듯이 상대를 jeer함으로써 trying to transfer my pain합니다.

transfer my pain의 번역이 까다롭습니다. 직역하면 '아픔을 옮기다'입니다. 사실은 누구보다 자신이 충격을 받아 고통스러운데, 그 아픔을 상대의 아픔으로 '전가'하는 것입니다. 인간의 심리를 날카롭게 꼬집는 그레이엄 그린다운 문장입니다.

"좀 알아들어라"의 as though

동정하는 척 비아냥거리는 모리스의 말에 스미스가 반

격하나 싶은 순간, 그는 의외로 차분하고 이성적으로
"물론 화는 났지만 모든 사람이 같은 걸 믿을 수는 없다"
라고 말합니다. 그 진지함에 또 짜증이 났는지 모리스는
"전과 얘기가 다르지 않냐"고 시비를 겁니다. 이런 심리
변화를 잘 파악하기 바랍니다. 다음 문장에서 또 심리전
이 펼쳐지므로 주의하세요.

He looked at me, as though he were puzzled by my en-
mity.

as though(마치 ~인 것처럼)가 이끄는 절인데, he 다음
에 was가 아니라 were가 왔습니다. 이는 가정법으로, 현
실에 반하거나 혹은 가능성이 낮다고 화자가 생각할(바
랄) 때 쓰는 용법입니다. 여기서는 '마치 내 적의를 모른
다는 듯한 표정으로'라는 뜻입니다.

스미스의 입장에선 상대가 왜 그렇게 발끈하는지
의아할 겁니다. 그러나 모리스의 입장에선 "모를 리 없
잖아", 좀 더 강하게 말하면 "좀 알아들어라" 하는 가정
법이 아닐까요.

참고로 as though는 as if와 거의 같은 뜻인데, as

though가 좀 더 미묘하게 현실에 가까운 느낌이라는 견해도 있습니다.

은밀한 대명사

스미스는 모리스의 눈에 어린 적의를 알아차렸는지 그제야 이렇게 말합니다.

"Is your name Maurice by any chance?"

이 역시 꽤 무례한 표현입니다. 첫 만남에서 '~씨 아닙니까' 하고 물을 때, 영국인의 점잖은 표현은 Excuse me, but you are Mr. Bendrix, I presume? 정도가 될 겁니다. 하지만 질문을 받은 쪽도 "It is"라고 무뚝뚝하게 대꾸하는데, 어쩐지 익살스럽기까지 합니다.

상대가 모리스라는 걸 알고 스미스는 She told me about you라며 또다시 세라와의 관계를 넌지시 비춥니다. 이번에는 편지가 아니라 본인의 입으로 이런저런 얘기를 들었다는군요.

여기서 대명사에 관해 한 가지 중요한 사실을 짚고

넘어가겠습니다. 이 장면에서 모리스와 스미스가 일절 세라의 이름을 언급하지 않고 이야기한다는 사실을 눈치챘나요? 사실 이 장면뿐 아니라 연애 사건의 '2라운드'에 등장하는 남자들은 서로 대화할 때 웬만해선 세라의 이름을 꺼내지 않습니다. 말할 필요가 없을 정도로 그들에게 그 여인은 압도적인 존재감을 갖고 있기 때문이겠죠. 또 그들 사이에는 굳이 이름을 말하지 않아도 통하는 한 여자와 얽힌 기묘한 연대감이 있는지도 모릅니다. 나아가 신적인 존재의 이름을 함부로 입에 올리지 않는다는 은밀함까지 느껴집니다. 이 비밀스러운 분위기가 잘 전달된다면 좋겠죠.

그러니 She의 번역어를 '그녀'로 통일하는 대신 '그 사람'이나 때로는 '그 여자' 혹은 번역하지 않고 감추는 방법도 생각해 봅시다. She told me about you의 경우, 문장에 나오는 세 대명사, 즉 she, me, you를 전부 번역해 '그녀는 내게 당신에 관해 이야기했다'라고 할 필요는 없습니다. '당신에 관해선 그 사람에게 들었다' 정도로도 충분하고, 어쩌면 '이야기는 들었다' 정도로 간결하게 처리해도 될 것입니다. 번역 강좌에서는 '풍문으로 들었다'라고 번역한 예도 있었습니다.

반격의 and

그다음 문장 첫머리에 나오는 and의 번역도 등한시해서
는 안 됩니다. 이 부분은 대부분 이런 식으로 번역했습
니다.

　"그 사람이 당신 이야기를 했습니다."
　"그리고 나는 당신에 관해 일기에서 읽었소."

　순접의 and이므로 '그리고'로 번역하기 쉽지만, 칼
끝이 조금 무딘 느낌입니다. 만약 한 사람이 She told
me about you. And I read about you라고 말했다면 "당
신 이야기는 그녀에게 듣기도 했고 일기에서도 읽었다"
라는 의미로 '추가의 and'가 되겠지만, 여기서는 상대를
향한 '반격의 and'입니다.

　"이야기는 그 사람에게 들었어요."
　"나는 일기로 읽었소."

　이 정도로 번역하면 삐딱하게 되받아치는 뉘앙스

가 전달되리라 생각합니다. 문장 앞에 오는 and는 가장 평범하면서도 번역하기 어려운 접속사입니다.

예를 들어 다음 페이지의 과제문 B는 가톨릭교회의 크럼프턴 신부가 조문하러 와서 세라의 입교에 관해 이야기하다 대화가 말다툼처럼 번지는 장면입니다. 첫 줄은 모리스의 대사입니다.

모리스가 세라에게는 자신 말고도 다른 애인이 있었다고 폭로하자 남편 헨리가 저지하고 나섭니다. 그때 크럼프턴 신부가 그냥 내버려 두라고 충고합니다. 그에 맞서 모리스가 명령하듯 이러쿵저러쿵 이야기하자 신부는 "당신이 그런 말을 할 입장은 아니다"라고 타이릅니다. 하지만 아홉 번째 줄에서 모리스는 다시 한번 세라를 깎아내리며 신부의 심기를 건드립니다. 그다음에 신부의 대사가 and로 시작하니 주의해야겠죠. 어떻게 번역하면 좋을까요.

아마 신부는 일곱 번째 줄의 말에 이어서 "당신이 뭔데 참회에 관해서도 가르치려 드냐"라고 맞받아칠 심산이었을 겁니다. 그러니 모리스가 끼어들자 그 도발을 무시하고 "내 얘기는 아직 안 끝났다"라는 의미로 and를 사용해 화제를 다시 끌고 옵니다. 따라서 '그리고'나

'그러고는' 대신 '한마디 더 하자면' '덧붙여 말하면' 등으로 번역할 수도 있습니다. 어쨌든 남자들의 힘겨루기가 잘 전달되도록 번역하기 바랍니다.

『연애 사건의 종말』과제문 B

"I wasn't her only lover —"

"Stop it,' Henry said. 'You've no right —"

"Let him alone," Father Crompton said. "Let the poor man rave."

"Don't give me your professional pity, father. Keep it for your penitents."

"You can't dictate to me whom I'm to pity, Mr Bendrix."

"Any man could have her."

(……)

"And you can't teach me anything about penitence, Mr Bendrix."

(5부 8장에서)

10장

마거릿 미첼, 『바람과 함께 사라지다』

‖

‘마음의 소리’를 번역하면
‘밀고 당기는 구조’가 보인다

줄거리

이야기는 1861년 초여름을 배경으로 시작된다. 미국 남부 조지아주에 있는 드넓은 목화 농장 ‘타라’의 장녀로 부족함 없이 자란 열여섯 살의 스칼렛 오하라는 주변 남자의 관심을 독차지하지만, 정작 자신이 진심으로 사랑하는 애슐리 윌크스의 마음은 얻지 못한다. 그러던 중 마침내 남북전쟁이 발발한다. 애슐리는 사촌 여동생뻘인 멜라니 윌크스와 결혼하고, 스칼렛은 홧김에 멜라니의 오빠 찰스와 결혼한다. 남자들은 잇달아 전쟁터로 나가지만, 노예제도를 기반으로 한 목화 재배로 왕

국을 건설한 남부는 중공업이 발달한 북부와의 전쟁에서 고전하며 점차 패색이 짙어진다. 전쟁을 통해 스칼렛은 많은 것을 잃지만, 그럼에도 의연히 고개를 들고 살아간다.

지시문

남부가 패전한 뒤, 북부 정부로부터 막대한 세금을 부과받고 '타라' 농장을 잃을 위기에 처한 스칼렛은 여동생 수엘렌의 약혼자 프랭크가 잡화점을 경영하며 의외로 성공을 거두었다는 사실을 알고 어떤 터무니없는 계략을 떠올립니다.

이 작품은 화자의 '목소리'와 주인공의 '마음의 소리'가 하나가 되었다 분리되고, 진지했다 코믹해지기도 하며 끝없이 어조가 바뀝니다. 그런 기복을 잘 파악하지 않으면 작품의 묘미를 제대로 전달할 수 없습니다. 마지막 과제입니다. 파이팅!

『바람과 함께 사라지다』 과제문 A

As Scarlett thought of Suellen's secure of future and the precarious one of herself and Tara, anger flamed in her at the unfairness of life. Hastily she looked out of the buggy into the muddy street, lest Frank should see her expression. She was going to lose everything she had, while Sue — Suddenly a determination was born in her.

Suellen should not have Frank and his store and his mill!

Suellen didn't deserve them. She was going to have them herself! (……)

But can I get him? Her fingers clenched as she looked unseeingly into the rain. Can I make him forget Sue and propose to me real quick? If I could make Rhett almost propose, I know I could get Frank! (……) Certainly I could manage him easier. At any rate, beggars can't be choosers.

That he was Suellen's fiancé caused her no qualm of conscience. After the complete moral collapse which had sent her to Atlanta and to Rhett, the appropria-

tion of her sister's betrothed seemed a minor affair
and one not to be bothered with at this time.

(4부 35장에서)

화자와 등장인물이 일체화되다

『바람과 함께 사라지다』의 '목소리'는 아주 다채롭습니다. 등장인물에게 성큼 다가갔다가도 차갑게 돌아서고, 냉정하게 분석하고 비판하다가도 인물 내면에 파고들어 그 사람을 대변합니다. 말하자면 '밀고 당기는' 문체입니다.

우선 과제문을 번역할 때 참고할 포인트를 정리하고 넘어가겠습니다.

① 화법 전환(가까워지다=당기기)

모든 '지문'이 작가의 의견이나 심정을 서술한 것은 아닙니다(7장 『등대로』도 참조). 화자가 스칼렛의 마음에 가까이 다가가 이야기하는 사이 점점 그녀와 일체화되어 주어는 그대로 삼인칭인데 마치 자신의 일을 이야기하는 듯한 어조가 됩니다. 이를 문법 용어로 자유 간접 화법이라고 합니다. 『바람과 함께 사라지다』에서는 그 과정에서 주어가 일인칭으로 바뀌기도 합니다. 말하자 면 이런 식입니다.

고액의 세금을 부과받고 스칼렛은 망연자실했다. →그녀의 눈에 눈물이 맺혔다. →괴롭다 못해 점점 화가 나기 시작했다. →부아가 치민다. 어떡하면 좋을까. → 아아, 이럴 때 레트가 있었다면! →그래, 그에게 부탁해 보자.

② 화법 전환(멀어지다=밀기)
이 작품에서는 조금 전까지 등장인물과 일체화되 었던 화자가 갑자기 거리를 두고 주인공을 비평하는 경 우가 많습니다. 화법과 어조가 전환되는 순간을 놓치지 않고 번역해야 합니다.

③ 시제의 기능
원문은 과거시제로 쓰였지만 등장인물의 입장에서 는 그 시점이 '현재'입니다. 모두 '지금'을 살고 있습니

다. 그러므로 화자가 작중인물과 일체화되면 과거시제의 기능이 희미해지면서 체감상으로는 '현재'에 가까워집니다.

그럼 과제문을 봅시다. 첫머리에서 여동생 수엘렌(애칭 수)이 부자인 프랭크와 결혼한다는 이야기를 듣고 스칼렛은 자신과 농장의 위태로운 장래와 수엘렌의 처지를 비교하며 불같이 화를 냅니다.

> As Scarlett thought of Suellen's secure of future and the precarious one of herself and Tara, anger flamed in her at the unfairness of life.

이 문장은 화자의 '목소리'를 통해 객관적으로 주인공의 심정을 묘사합니다. 스칼렛의 '내면의 목소리'가 아니라는 사실은 우선 Scarlett thought라고 타인(화자)의 시점에서 쓰였다는 점, 'precarious'라는 단어 등으로 두 사람의 대비되는 처지를 명확하게 언어화했다는 점, 그리고 '인생의 불공평함에 분노의 불길이 타오르다'라는 다소 문학적인 표현은 화가 난 스칼렛이 할 법한 말이 아니라는 점으로 알 수 있습니다.

그런데 다음에 프랭크에게서 시선을 돌려 뭔가를 생각하기 시작한 시점부터 문체가 바뀝니다. 그다음 문장을 보면 스칼렛의 '목소리'가 어렴풋이 섞여 드는 것을 알 수 있습니다.

She was going to lose everything she had, while Sue —

while Sue(그런데 수는⋯⋯) 하고 문장이 끊기죠. 여기에서 화자가 말문이 막힐 이유는 없으니 불공평한 현실에 직면해 분노하는 스칼렛의 마음이 반영된 것이라 볼 수 있습니다.

가장 번역하기 어려운 '과거 속의 미래'

이 문장에서 주의할 점은 be going to입니다. was going to처럼 과거형으로 되어 있으면 번역하기 어려워하는 사람이 많습니다. was는 be동사의 과거형이니 어떻게든 과거형으로 번역해야 할 것 같아 '자신이 가졌던 모든 것을 잃어버린 것에 대해⋯⋯'처럼 단순 과거형으로 번역하기도 합니다. 하지만 be going to는 앞으로 일어날 '미연'의 일을 나타냅니다. 아직 잃은 게 아니라는 뜻이죠. 과거시제의 미래형입니다.

과거 속의 미래를 어떻게 번역하지?

사실 번역 강좌에서도 수강생들이 가장 번역하기 어려워하는 것이 '과거 속의 미래'입니다. 왜냐하면 우리에겐 그에 해당하는 시간 개념이나 어휘가 전혀 없다고는 할 수 없어도 상대적으로 부족하기 때문입니다. 그러나 앞에서 말한 ③을 기억하세요. 이 부분에서 화자는 주인공과 점점 일체화되어 가므로 스칼렛과 시간을 공유합니다. 즉 스칼렛이 있는 과거가 이야기의 '지금'인 셈입니다. 그러니 was going to는 is going to와 똑같이 번역하면 됩니다. '자신이 가진 모든 것을 잃을 판에……'라고 말이죠.

everything she had의 had도 여기에서는 '가졌던'이라고 과거형으로 번역하지 않는 게 좋습니다. 그러면 '이미 갖고 있지 않다'는 말로 들리니까요. 참고로 과거형 문장을 번역할 때 대개는 문장에서 과거형을 한 번만 쓰면 됩니다.

원문이 Tom told his brother about the girl he was

going out with라면, '톰은 사귀는 여자 친구에 관해 형에게 말했다'로 충분합니다. '톰은 사귀던 여자 친구에 관해 형에게 말했다'라고 하면 이야기한 시점에 이미 헤어진 것처럼 들립니다.

she는 '그녀'가 아니다

다음 문장 Suddenly a determination was born in her에서는 갑자기 화자의 '목소리'로 돌아가는데, 그 뒤에 다시 등장인물의 목소리와 일체화된 듯한 화법으로 바뀝니다.

처음 영어를 배울 때 'she=그녀'라고 배우는데, 앞에서 설명한 자유 간접화법에서 she는 she이면서 she가 아닙니다. 거의 I에 가까운 기능을 하기도 합니다(he도 마찬가지). 아주 유연한 화법입니다. 적어도 '그녀'라는 말로 다 대응할 수는 없습니다. 그뿐 아니라 기계적으로 '그녀'라고 번역할 경우 오역의 위험도 있습니다. 다음은 그 좋은 예입니다.

(Suddenly a determination was born in her.)

Suellen should not have Frank and his store and his mill!
Suellen didn't deserve them. She was going to have them herself.

스칼렛의 마음에 싹튼 결심을 구체적으로 설명한 문장인데, 두 문장 모두 Suellen으로 시작합니다. she의 기능을 설명하기 전에, 우선 첫 번째 문장의 조동사 should를 보고 실제로 많은 사람이 '수엘렌은 ~을 소유해서는 안 된다!'라고 번역합니다. 그런데 문맥상 뭔가 어색하지 않나요? '~해서는 안 된다'는 '결심 혹은 결단'이라기보다 '판단'입니다.

should가 나오면 자동적으로 '~해야 한다'라고 번역하기 쉽지만, 알다시피 should는 shall의 과거형입니다. shall의 기본 용법을 생각하면 됩니다. 여기에서는 '화자의 의사'를 나타냅니다. 부정형이므로 '~하게 두지 않겠다'라는 뜻입니다. He shall not get away는 '그는 도망치지 않을 것이다'와 같은 단순 미래가 아니라 화자의 의사가 반영된 '그를 놓치지 않겠다'라는 뜻입니다. You shall have some pie는 '당신은 파이를 가질 것이다'

가 아니라 '파이를 주겠다' '먹어도 좋다'라는 뜻입니다. 과제문은 과거형으로 쓰였기 때문에 shall이 should로 바뀌었습니다.

그러므로 Suellen should not have Frank and his store and his mill!은 '수엘렌 따위에게 프랭크와 그의 가게와 제재소를 넘기나 봐라!' 하고 마음속으로 외치는 것입니다.

이 말을 하는 사람은 물론 (보이지 않는) 화자이자 작가입니다. 그렇다면 작가 미첼이 '수엘렌 따위에게 넘기나 봐라!' 하고 외치는 걸까요? 그렇게 볼 수 없는 게 이 화법의 성가신 점인데, 화자는 현재 스칼렛과 거의 일체화되어 있기 때문에 이 문장에는 스칼렛의 의사와 '목소리'가 들어 있다고 할 수 있습니다.

자, 다음 문장을 보면 '수엘렌은 그럴 만한 자격이 없다'라고 말하고 있습니다. 그럼 '프랭크와 그의 사업' 을 수엘렌에게 넘기지 않기 위해 스칼렛은 어떻게 할 셈일까요? 그다음 문장 She was going to have them herself도 '그런데 그녀가 전부 차지하려 한다'라고 잘못 번역하는 경우가 많습니다. 주어 she를 수엘렌으로 판단한 겁니다.

그렇다면 스칼렛의 결심이 구체적으로 무엇인지 살펴보겠습니다. 강조의 herself에 주목하기 바랍니다. She was going to have them herself에서 herself를 왜 붙인 걸까요? 만약 '전부 수엘렌이 독차지할 것이다'라는 뜻이라면, She was going to have them to herself와 같이 to나 뭔가가 들어갔을 겁니다.

이 문장의 주어 she는 스칼렛입니다. 강조의 herself는 '다름 아닌 바로 내가'라는 뜻입니다. 여동생 수엘렌이 아니라 바로 스칼렛의 것으로 만들겠다는 다짐이죠.

다음은 be going to입니다. 뭔가가 결정된 상황에서 쓰는 것이 be going to, 그 자리에서 판단했을 때 쓰는 것이 will입니다. 예를 들어 '아까 야마다 씨한테 전화가 왔어'라고 가족 누군가가 말했을 때, Yeah, I'm going to call him back after dinner라고 하면 "응, 저녁 먹고 걸어 보려고"(야마다 씨에게 전화가 왔다는 것을 이미 알거나 예상했고, 저녁 식사 후에 전화를 걸 참이었다)라는 말이지만, Oh, I'll call him back after dinner라고 하면 "그래? 그럼 저녁 먹고 한번 걸어 볼게"(지금 알았으니 일단 지금 생각나는 대로 말한다)라는 뉘앙스입니다.

　여담이지만 일본의 역 전광판에 "열차가 들어오고 있습니다"의 영어 번역으로 "Train will Arrive Soon"이라는 문장이 나올 때마다 어색하다는 생각이 듭니다. "전차가 곧 오겠죠"라고? 안 올지도 모른다는 건가? "Train Approaching"이라면 자연스러울 텐데 말입니다.

밀 때와 당길 때를 구분하자

화자와 스칼렛이 하나가 된 듯한 화법이 이어지는가 싶더니 또다시 문체가 크게 바뀝니다.

　삼인칭으로 이야기하다 갑자기 일인칭 주어로 바뀌는 부분, 바로 But can I get him?으로 시작하는 단락입니다. 이렇게 I를 주어로 한 문장의 경우, 인용부호로 묶어 대사로 처리하면 읽기 편하겠지만 여기에는 인용부호가 없습니다. 이렇게 지문에 녹아든 직접화법을 '내적 독백'이라 부르기도 합니다. 『바람과 함께 사라지다』가 출판되었을 당시에는 상당히 전위적인 기법이었습니다.

번역할 때는 직접화법의 대사처럼 옮겨도 상관없습니다. 하지만 동시에 화자 시점의 삼인칭 문제도 섞여 있으므로, 누구의 '목소리'인지 알 수 있게 재빨리 화법과 어법을 바꾸어 번역할 필요가 있습니다.

At any rate, beggars can't be choosers(어차피 거지에게 선택권은 없다=찬밥 더운밥 가릴 때가 아니다)라는 문장으로 단락이 끝나자, 다음 단락에서 스칼렛과 거리를 둔 화자가 나타나 "프랭크는 여동생의 약혼자인데 이 사람은 양심의 가책 따위는 조금도 느끼지 않는군요" 하고 매섭게 비판합니다. 조금 전까지만 해도 "그래, 너 이런 기분이지" 하고 스칼렛에게 친근하게 다가가 그녀에게 동화되어 그녀의 시점에서 일인칭으로 이야기까지 하더니, 단락이 바뀌자 언제 그랬냐는 듯 "어차피 (돈 때문에) 레트를 유혹하러 간 시점에 이 사람의 도덕성은 완전히 무너졌다"라거나 "동생의 약혼자를 가로채려 한다"며 엄격한 잣대를 들이댑니다.

이처럼 작품의 화자는 불과 한 페이지 안에서 당시 전위적 작가들보다 훨씬 속도감 있게 화법과 문체를 전환하며 밀고 당기는 기술을 구사합니다. 사실은 이런 격차에서 독자는 읽는 재미를 느낍니다. 화자가 스칼렛 편에만 섰다면 이 작품은 얼마나 오만하고 착각투성이에 볼썽사나운 짝사랑 이야기가 되었을까요. 또 비판적인 시각으로만 봤다면 천진난만한 주인공의 매력은 빛나지 않았을 겁니다. 화자와 주인공 사이의 멀지도 가깝지도 않은 최적의 거리감, 그것이 이 기나긴 장편을 쭉쭉 읽어 나가게 만드는 힘이라고 생각합니다. 이 절묘한 거리감을 늘 유지하는 미첼의 센스는 천재적이라고 말할 수밖에 없습니다.

이 작품은 어려운 어휘도 별로 없어 읽기 쉽다는 게 특징이지만, 문체 전략 면에서는 상당히 수준 높은 텍스트입니다.

딜레마와 공허한 마음

작품에 나타나는 '표정' 변화와 '목소리'의 분열은 작가 마거릿 미첼이 지닌 내면의 양면성, 즉 어머니의 바람대로 참하고 고상한 남부의 '그레이트 레이디'로 살고 싶은 마음과 그런 건 집어치우고 통통 튀는 신세대 여성이 되고 싶은 마음 때문이라고 개인적으로 생각합니다. 그것이 스칼렛의 인물 설정에도 반영되어 여러 양면성과 딜레마를 안은 주인공 캐릭터가 만들어진 것이죠. 스칼렛이 늘 불만족스럽고 초조하며 마음이 공허한 건 이런 양면성과 딜레마 때문이 아닐까요.

예를 들어 그녀는 고향 남부와 오하라 집안의 농장 '타라'를 끔찍이 사랑하지만, 남부연합이나 전쟁이라면 치를 떱니다. 전쟁을 둘러싼 '전체주의'를 의심하고 그 위험성에 대해서도 남보다 배로 민감합니다. 그 때문에 여자 친구는 딱 한 명밖에 없는 고독을 맛봅니다.

『바람과 함께 사라지다』에는 herself라는 단어가 통틀어 339번 정도 나옵니다. herself가 자주 나오는 건 이 작품이 거의 '나 자신'을 내세우는 자기중심적 성격을 지닌 스칼렛의 시점에서 쓰인 탓도 있을 겁니다. 또한 다른 사람과는 마음이 잘 맞지 않아 걸핏하면 자문자답을 하기 때문일지도 모릅니다. 이 소설에는 정식 대화문보다 지문에 나타난 '마음의 소리'가 몇 배나 많습니다. 이 작품을 '심리소설'이라 평하는 사람이 없다는 게 신기할 정도입니다. 『바람과 함께 사라지다』는 미국 남부의 내전과 재건의 시대를 그린 역사 로맨스 소설로 통하지만, 사실은 한 여성의 지독한 고독에 관한 이야기이기도 합니다.

마지막으로 이 화려한 주인공이 마음속 공허에 관해 이야기하는 장면을 소개하겠습니다. 이 책의 과제를 총정리한다는 생각으로 번역해 보기 바랍니다. 포인트는 herself입니다. 부디 기계적으로 '그녀 자신'이라고 번역하지 말기를!

『바람과 함께 사라지다』 과제문 B

Oh, why was she different, apart from these loving women? She could never love anything or anyone so selflessly as they did. What a lonely feeling it was — and she had never been lonely either in body or spirit before. (……) And so, while the bazaar went on, while she and Melanie waited on the customers who came to their booth, her mind was busily working, trying to justify herself* to herself — a task which she seldom found difficult.

The other women were simply silly and hysterical with their talk of patriotism and the Cause, and the men were almost at bad with their talk of vital issues and States' Rights. She, Scarlett O'Hara Hamilton,

---

* justify oneself는 '자기합리화하다'라는 뜻의 숙어.

alone had good hard-headed Irish sense. She wasn't
going to make a fool out of herself* about the Cause,
but neither was she going to make a fool out of herself
by admitting her true feelings. She was hard-headed
enough to be practical about the situation, and no one
would ever know how she felt.   (2부 9장에서)

~~~~~~

---

* make a fool out of oneself는 '웃음거리가 되다, 바보짓을
하다'라는 뜻의 숙어.

나오는 글

—

온몸을 던진 독서

'번역이란 무엇일까?' 생각하며 문학 번역을 해 온 지 이제 곧 32년 차가 됩니다.

지금도 번역이란 이런 것이다라고 한마디로 설명하긴 어렵지만, 이 책에서는 '번역이란 온몸을 던진 독서다'라는 가설을 바탕으로 번역 행위에 관해 생각해 보았습니다. 말의 당사자가 되는 일, 실천자가 되는 일, 잠시 타인의 언어로 사는 일.

총 10장에서 여러 가지 '주의점'을 이야기했습니다. 번역가가 그렇게 세세한 부분까지 파고들어 고심해야 하는 직업이었던가! 하고 놀라겠지만, 평소 영어를 번역할 때 이런 것을 하나하나 깊게 생각하는 건 아닙니다. '생각한다'라는 의식도 없이 순간적으로 판단하고 선택하지요. 그러므로 저 혼자서는 이런 책을 절대 쓸 수 없습니다.

함께 번역 과제를 놓고 고민해 준 수강생들과 토론하는 과정에서 비로소 다양한 문제점이 눈에 들어왔습니다. 자신의 A라는 번역문과 다른 사람의 B라는 번역문을 비교하면 '나는 왜 이 부분을 A라고 번역했을까?' 하는 의문이 듭니다. 반대로 말하면 '왜 B라고 번역하지 않았지?' 하고 질문하게 됩니다. 그렇게 나 자신과 이른바 '번역 문답'을 반복하는 사이 여러 가지 새로운 발견을 할 수 있었습니다.

이 책을 손에 들고 있는 당신은 어떤 동기로 이 책을 선택했나요.

문학을 사랑하는 독자라면 명작의 새로운 매력을 발견하고 고전 읽기의 즐거움이 조금이라도 확장되는 계기가 되었으면 하는 바람입니다.

그리고 영어 공부를 위해 이 책을 선택한 독자에게. 이질적인 두 언어의 충돌인 번역이라는 작업을 몸소 체험함으로써 영어 공부에 조금이나마 도움이 된다면 뜻하지 않은 기쁨이겠습니다. 영어를 영어로 이해하고 구사하는 훈련도 중요하지만, 다른 언어를 모어로 변환하여 밖으로 내보내는 '번역 독서'라는 프로세스도 분명 외국어 습득에 도움이 되리라 믿습니다(덤으로 모어의 재미도 발견할 것입니다).

다음으로 전문 문학 번역가를 지망하는 독자에게. 몇 번이나 말했지만, 번역문을 멋지게 만들어 내는 것이 다가 아닙니다. 잘 읽으면 잘 옮길 수 있습니다. 외국어는 '스킬'을 쌓으면 어느 단계까지는 '숙달'되지만, 모어는 기술만 닦는다고 '숙달'되지 않습니다. 사고의 깊이를 늘리고 시야를 넓혀 지성의 기반을 다지면 모어는 저절로 단련되고 풍성해질 것입니다.

'유려한 번역문'을 목표로 하기 전에 적확하고 포커스가 맞는 번역문을 목표로 삼기 바랍니다. 해석이 적확하다면 문장 자체는 다소 거칠어도 괜찮습니다. 어미의 리듬이 깔끔하지 않다는 이유로 과거완료형을 현재형처럼 번역해 버리는 경우를 가끔 보는데, 영어의 시제는 분위기 조성을 위한 장식이 아니라 건물의 구조물입니다. 기교보다는 정확한 해석에 공을 들이기 바랍니다.

앞으로도 번역 공부나 일을 계속하고자 하는 독자라면 '번역이란 이래야 한다'는 고정관념을 버리기 바랍니다. 그러니 이 책에 쓰인 번역에 관한 여러 제언도 '그렇게 생각/번역할 수도 있구나' 정도로 받아들였으면 합니다.

'번역이란 무엇일까?' 끝없이 질문하고 고민하고 시행착오를 반복하는 것이야말로 번역자에게 필요한 자질이라 생각합니다.

이 책은 2016년 4월부터 2017년 3월까지 10회에 걸쳐 NHK문화센터 아오야마교실에서 진행한 번역 강좌 '번역으로 맛보는 걸작 10선'의 강의 내용을 바탕으로, 가쿠슈인대학, 쓰다주쿠대학 등에서 이루어진 강의와 강연, 실습 내용을 참고로 하여 집필했습니다. 언어의 과감한 실천자로서 다른 사람의 말과 함께 살아 준 수강생, 이수생, 청강생에게 깊이 감사드립니다. 그리고 1년 동안 아오야마교실의 번역 강좌에 수강생으로 참여해 매회 번역 과제를 제출하고 빠짐없이 수업에 나와 토론

에 깊이를 더해 준 지쿠마쇼보 편집부 기이레 후유코 씨
와 야마모토 다쿠 씨에게도 감사의 말씀을 전합니다. 고
맙습니다.

2018년 4월 10일

특별 인터뷰
한국 번역가가 일본 번역가에게 묻다

—

한국어판 번역가 김단비와

저자 고노스 유키코의 대담

○ 안녕하세요, 고노스 선생님?『읽기로서의 번역』
한국어판 번역을 맡은 김단비입니다. 이렇게 인사드리
게 되어 정말 반갑습니다. 한국 독자들을 위해 인터뷰에
응해 주신 점도 감사드려요.

　이 책 번역을 막 끝낸 시기에 한 문예잡지에 선생님
과 사이토 마리코 선생님의 대담이 실린 것을 보았습니
다. 사이토 마리코 선생님은 한국어로 쓰신『단 하나의
눈송이』라는 시집과『82년생 김지영』의 일본어판 번역
가로 한국 독자들에게도 많이 알려져 계세요. 두 분이

한국에서 출간될 『읽기로서의 번역』에 대해 잠깐 언급하시며 기대된다고 하신 게 신기하기도 하고 무척 반가웠습니다. 이 책의 저자이신 선생님과 한일 양 언어 간의 번역 프로세스를 누구보다 잘 이해하고 계시는 사이토 선생님이 한국어로 번역된 이 책을 어떻게 읽어 주실까 상상하며 가슴 설레기도 했고요.

그 대화에서는 사이토 선생님과 번역 문학을 주제로 이야기를 나누셨는데, 특히 선생님께서 "다른 언어로 번역되는 시점에 작품은 어떤 종류의 신비성, 불가시성不可視性을 획득한다"라고 하신 부분이 아주 흥미로웠습니다. 그동안 막연하게 품고 있던 번역 문학에 대한 이미지가 한마디로 명쾌하게 정리되는 듯한 순간이었습니다. 그러한 신비성, 불가시성이 덧입혀진 번역 작품이 그 자체로 다른 나라에서 사랑받고 공감을 얻는 건, 시점이나 환경의 차이만 있을 뿐 결국 그 나라에서도 쓰일, 혹은 필요한 이야기였기 때문이고, 그런 의미에서 번역 작품도 그 나라 문학의 일부라는 말씀도 하셨지요.

『읽기로서의 번역』도 그런 시선을 바탕으로 쓰인 책인 것 같습니다. 해외 문학이긴 하지만 일본과 한국 독자의 감수성을 건드렸고 그래서 널리 사랑받은 작품들을 더 깊게 읽어 보자는 것이니까요. 이 책에서 제안하신 '번역 독서'는 해외 문학을 사랑하는 한국 독자들에게도 능동적으로 작품을 해석하는 눈을 키우는 좋은 접근법이 되어 주리라고 기대합니다.

책을 읽으며 "번역은 해석이다"라고 강하게 주장하시는 선생님의 번역관이 참 인상적이었습니다. 번역가로 이런 책을 쓰신 건 스스로의 일에 자신감을 갖고 계시기 때문이라고도 생각했습니다. 아직 경력이 짧은 저에게는 아주 큰 자극이 되었고, 선생님처럼 단단한 신념을 가진 번역가가 되자고 다짐하기도 했습니다. 질문도 몇 가지 생겼는데, 아마 저 말고도 번역 일에 관심 있는 한국 독자라면 다들 궁금해할 것 같아 정리해 보았습니다.

가장 먼저, 일본에서는 어떤 경로를 통해 번역가가 되나요? 한국의 경우 정해진 루트는 없고 방법도 알려져 있지 않습니다. 저도 번역가를 지망하던 시절에는 어떻게 번역을 시작해야 할지 몰라 고민이 많았습니다. 선생님은 어떻게 첫 작품을 번역하고 데뷔하셨나요?

● 일본에는 번역을 가르치는 전문학교가 몇 군데 있습니다. 그곳에서 공부하며 선생님 밑에서 초벌 번역을 하거나 출판사에서 의뢰한 해외 도서의 검토서(책을 소개하며 출판할 가치가 있는지 평가하기 위한 목적으로 쓰는 자료)를 작성하며 실력을 쌓는 방법이 있습니다. 또 하나는 학부 공부를 마치고 대학원에 진학해 연구생이나 대학 교원으로 번역을 시작하는 방법이 있습니다.

저는 두 방법과는 다르게 약간은 시대에 역행한 방식으로 데뷔했습니다. 제가 번역을 시작한 1980년대에는 번역학교를 나와 번역가로 데뷔하는 방식이 일반적이었는데 저는 학교에 다니는 대신 제임스 조이스 연구의 대가이자 유명한 번역가이셨던 야나세 나오키柳瀬尚紀 선생님을 직접 사사했습니다.

선생님의 소개로『번역의 세계』라는 월간지에 연재 기사를 쓰던 중에 정식 번역 의뢰가 들어왔어요. 영국 BBC 방송 프로그램을 묶은 책으로, 강을 찾아다니는 여행 에세이집이었어요. 처음부터 단독 번역서를 낼 수 있었던 건 큰 행운이었습니다.

○ 저는 한국 소설을 읽을 때, 특히 표현이 섬세하고 정밀한 문장을 읽으면 너무 자극이 크게 느껴져서 잠깐 책을 덮고 쉬었다가 다시 읽기도 합니다. 모어이다 보니 단어 하나하나, 표현 하나하나가 절실히 느껴지기 때문입니다. 반대로 번역된 외국 소설을 읽으면 작품의 내용 자체에 몰입하기가 더 쉬울 때도 있어요. 이 역시 앞에서도 이야기한 번역 작품의 '신비성', '불가시성'과 관련 있다고 생각합니다. 저에게 번역은 단순히 외국어로 쓰인 책을 이해하는 일을 넘어, 그런 신비로운 장막 속에서 마음 놓고 독서에 빠져들게 도와주는 일입니다.

● 아주 흥미로운 이야기네요. 모어로 된 책을 읽을 때 더 절실하게 느껴져서 중간중간 책을 덮고 쉰다는 말이요. 저는 정반대예요. 오히려 번역서를 읽을 때 머릿속이 복잡해지는 경험을 합니다. 어느 쪽이든 프랑스의 철학자 롤랑 바르트가 '고개를 들며 하는 독서'에 관해 이야기했던 것이 떠오르네요. "책에 완전히 몰입해 단숨에 읽어 내려가는 독서의 즐거움도 있지만, 때때로 고개를 들고 사색에 빠지는 독서의 즐거움도 있다." 이를 일

컬어 '독서의 에크리튀르'라고 했던가요.*

　제가 번역한 버지니아 울프의 『등대로』 중에 이런 구절이 있는데 이것도 '고개를 들며 하는 독서'의 한 예가 아닐까요.

　"아무튼 아버지가 그 책에 몰두해 있는 건 분명한데, 지금처럼 잠깐 고개를 들 때가 있어도 그건 뭔가를 보기 위해서가 아니라 머릿속을 정리해 생각을 더 명확히 하기 위해서였다. 그러고 나면 마음은 책 속으로 돌아가 다시 독서에 빠져드는 것이다. 그렇게 정신없이 책을 읽는 모습은 뭔가를 이끌고 가는 듯한, 커다란 양떼를 모는 듯한, 좁은 길을 열심히 걸어나가는 듯한 그런 인상을 주었다."

　'아버지'는 독서를 멈추고 고개를 들어 가면서 책을 읽습니다. 비평적으로 읽는다는 것이겠지요.

　그런가 하면 고개를 들 새도 없이 책의 세계에 푹 빠져드는 독서의 즐거움도 있습니다. 읽는 즐거움에 도취된 순간에는 아무 말도 생각나지 않습니다. 도취된다

---

* 정확한 구절은 이렇습니다. "어떤 책을 읽을 때 재미가 없어서가 아니라 반대로 떠오르는 생각이나 자극, 연상의 파도가 밀어닥쳐 독서를 하는 도중에 자꾸만 멈춰 서게 되었던 경험이 있지 않았던가? 한마디로 말해 중간중간 고개를 들어 가며 읽었던 적이 있지 않았던가?"(『언어의 웅성거림』 중 「독서의 에크리튀르」)

는 건 말을 잃어버리는 걸 뜻하니까요. 당신의 경우 번역서를 읽을 때 그런 상태에 빠지기 쉽다고 했는데 개인적으로 정말 흥미롭군요.

○　이런 측면 외에도 번역이라는 과정을 통해 얻어지는 판타지 효과는 모든 독자에게 알게 모르게 전해지리라 생각합니다. 이 점과 관련해 번역서라서 일본에서 더 사랑받았다고 생각하시는 작품이 있나요? 일본에서 쓰인 오리지널 일본 작품이었다면 이 정도로 읽히지는 않았을지도 모른다고 생각하시는 작품이 있다면 알려주시면 좋겠습니다.

●　예를 들면 에드거 앨런 포의 작품에는 번역으로 인한 '판타지' 효과가 있었다고 생각합니다. 제 생각에 일본은 세계에서 손꼽히는 '포 애호국'이에요. 메이지 시대 이후로 수없이 많은 종류의 번역이 계속해서 나오고 있으니까요. 포의 유명한 시 「Raven」(1845)을 일본어로 번역한 것 중 히나쓰 고노스케日夏耿之介의 번역이 잘 알려져 있는데 조금 인용해 볼까요. 분명 한국어로 번역하

기 까다로울 테니 죄송하지만요.

　어느 황량荒涼한 야반夜半에 심히 고단하여 묵좌默坐하
였는데
　잊힌 고학古學의 기고奇古한 서적들을 읽기에 몰두한
적에
　머리를 꾸벅이며 선잠이 들었으니 홀연 문 두드리는
소리 나네

　현대 일본어 네이티브 중에 얼마나 많은 사람이 이
번역문을 사전 없이 읽을 수 있을까요. 영어 원문을 읽
는 게 더 편하다는 사람도 있을 겁니다. 원문은 19세기
중반의 영어지만 현대 영어와 그리 다르지 않고 어려운
표현도 없습니다.

　Once upon a midnight dreary, while I pondered, weak
and weary,
　Over many a quaint curious volume of forgotten
lore—
　While I nodded, nearly napping, suddenly there came

a tapping,

As of some one gently rapping, rapping at my cham-
ber door.

히나쓰 고노스케의 번역은 원문에 비해서도 예스
럽고 난해합니다. 1935년이라는 시대를 감안해도 상당
히 고전적이지요. 하지만 이렇게 딱딱하고 고풍스러운
문체로 번역되어서 일본 독자에게 큰 사랑을 받았을 겁
니다. 옛날에는 이 번역문을 암송하는 대학생이 꽤 있었
다고 합니다.

요컨대 일본어와 영어라는 서로 다른 언어 사이의
신비스러운 거리감을 이런 예스러운 문체를 통해 표현
한 것이겠지요. 언문일치 운동이 전개되던 당시의 일본
어와 히나쓰의 번역문에 쓰인 고어 · 아어 사이의 거리감
이, 어떤 의미에서 영어와 일본어 사이의 거리감을 '대
변'하고 있는 것입니다. 아무리 고전적인 일본어일지라
도 당시 일본어 독자로서는 영어보다 멀게 느껴지지는
않았습니다. 이 좁혀진, 그러나 적당히 먼 거리감이 '절
묘한 번역'이라고 느끼게 하는 데 중요한 역할을 한 것

입니다.

히나쓰 고노스케가 이 문체를 선택한 이유는 첫째, 운rhyme과 운율meter를 재현하기 위해서, 둘째, 90년 전 언어다운 고색창연한 분위기를 자아내기 위해서, 셋째, 시적인 연출(눈속임)을 위해서가 아닐까 생각합니다.

그런데 2020년인 지금, 이 번역문과 현대 일본어 사이의 거리는 영어와 일본어 사이의 거리를 훌쩍 뛰어넘지 않았을까요. 그렇다면 문장으로서는 불후의 명문 일지언정 번역으로서는 더 이상 기능하지 않게 되었다는 문제가 있습니다.

○ 선생님의 저서 『번역 문답』에서 번역의 투명성에 관한 내용을 읽었습니다. 투명한 번역이란, 서양에서는 원래 자국어로 쓰인 듯한 번역을 가리키는 것임에 반해, 일본에서는 원문이 투명하게 비치는 번역을 의미한다는 것이 아주 흥미로웠습니다. 일본에서는 역시 이런 투명한 번역이 이상적이라는 생각이 일반적인가요?

● '투명한transparent 번역'이라고 했을 때, 일본에서만

그 의미가 다르게 쓰이고 심지어 거의 반대의 의미라는 사실을 알았을 땐 충격이었습니다. 몇 십 명의 해외 작가들에게 '이상적인 번역이란?'이라는 인터뷰를 한 적이 있는데, 대부분의 작가가(마거릿 애트우드, 미셸 우엘벡, 블라디미르 소로킨 등) '투명한 번역'이 좋은 번역이라고 대답했습니다. 너무 충실성만 고집한 번역이 아니라 번역임을 의식하게 하지 않는 자연스러운 번역이 좋다는 뜻이지요.

일본인도 '투명한 번역이 이상적'이라고 말하지만 의미가 반대입니다. 뭐니 뭐니 해도 충실성이 가장 중요하다는 목소리가 강해서 '원문이 겹쳐 보일 정도로 번역자의 존재가 느껴지지 않는 번역문이 좋다'라는 의견으로 이어집니다. 하지만 이렇게 주장하는 사람들은 예전부터 번역소설을 즐겨 읽어 온 이른바 '번역 문학 마니아'가 많은 것 같습니다. 이런 독자들은 발언력이 강하기 때문에 일본에는 '원문이 겹쳐 보이는 번역'이 좋은 번역이라는 분위기가 있는데, 실제로 그런 번역을 보고 '역시 번역물은 읽기 힘들어서 별로다'라고 기피하는 독자들이 많은 것도 사실입니다.

최근 일본의 번역 문학계는 독자가 양극화되어 있다는 느낌을 받습니다. 일부 번역 문학 마니아들은 '너무 친절하게 풀어 쓴 번역은 읽을 맛이 안 난다'라고 하는데, 번역물에 익숙하지 않은 독자들은 '문장이 너무 빽빽해서 도저히 못 읽겠다'라고 하지요. 우리 같은 번역자는 중간에 끼어 진땀을 흘리고 있습니다.

○ 『읽기로서의 번역』에도 나오는 내용이지만, 번역하기 까다로운 요소로 시, 농담, 언어유희, 비아냥, 욕설을 꼽으셨는데요. 저도 하나하나 다 공감했습니다. 그런데 반대로 일본어를 다른 언어로 번역할 때 어려울 것이라 예상되는 요소가 있다면 어떤 것일까요? 이건 한국의 일본어 번역가나 일본어 번역가를 지망하는 사람들에게 도움이 되지 않을까 싶습니다. 저의 경우 의외로 가타카나로 표기된 외래어를 번역할 때 고민하고는 합니다. 외래어이니 그대로 외래어로 번역하면 되지 않느냐고 생각할 수도 있지만, 일본에서 외래어로 쓰이는 단어와 한국에서 외래어로 쓰이는 단어가 꽤 다르기 때문입니다. 일본은 한국에 비해 외래어 사용 비율이 높은

것 같습니다. 한국에서도 흔히 쓰는 말이라면 그대로 번역하지만, 그렇지 않은 경우라면 저는 한국어 표현으로 바꾸어 번역하고 있습니다.

● 일본어를 다른 언어로 번역할 때 어려우면서도 중요한 것이 인칭대명사라고 생각합니다. 영어의 인칭대명사는 '기능어'(큰 의미는 없지만 문장 구성에 필수적인 말)이지만, 일본어의 인칭대명사는 '내용어'(명사, 동사, 형용사 등과 마찬가지로 의미상 꼭 필요한 말)라는 설이 있습니다. 또 하나는 어미인데요. 문장의 방향성, 때로는 주어나 목적어를 내포하는 경우도 있습니다. 일본어에서는 어미 역시 '내용어'라고 할 수 있습니다.

○ 번역의 모든 과정 중에 가장 즐겁다고 느끼시는 순간은 언제인가요? 저는 번역이 끝나고 책이 출판되어 그 책을 손에 든 순간이 가장 즐겁습니다. 책을 본 순간 머리를 싸매며 고민했던 시간을 모두 보상받는 듯 기쁩니다. 선생님은 번역가로서 언제 가장 즐거움을 느끼시나요?

● 번역하는 모든 순간이 즐겁습니다. 굳이 꼽자면 일본어판 제목을 정할 때 특히 즐거워요. 곧 출간될 마거릿 애트우드의 소설은 원제가 『Hag-Seed』(2016)인데 『옥중 셰익스피어 극단』이라는 전혀 다른 제목을 붙였어요.* 저는 주로 『폭풍의 언덕』처럼 제목은 '직역'하는 경우가 많고 이렇게 창의력을 발휘해서 제목을 지은 건 25년 만이에요. 물성을 갖춰 출판된 책 자체에는 별로 흥미가 없는 것 같아요(☺).

○ 선생님의 답변을 들어 보니 저는 의외로 '물건'으로서의 책에도 적지 않은 애착을 느낀다는 것을 깨닫게 되네요.

● 도움이 되셨나요?
    『읽기로서의 번역』은 영어 소설을 일본어로 번역하는 과정을 해설한 책인데, 그걸 다시 다른 언어로 번역하다니 얼마나 힘든 작업이었을지 상상도 가지 않습니다. 이런 고생스러운 작업을 맡아 주셔서 정말 감사합

---

* 한국에서는 『마녀의 씨』(송은주 옮김, 현대문학, 2017)라
는 제목으로 출간되었다.(편집자)

니다.

○　답변 잘 들었습니다. 이 책은 제게 '원작이 저자가 만드는 하나의 세계라면 번역서는 번역자가 만드는 하나의 세계'라고 이야기해 주었습니다. 이 생각을 접하고 번역에 대한 생각이 조금 자유로워졌습니다. 앞으로는 성실하게 번역하되 조금 더 자유롭게 번역해 보자고 생각하게 되었고, 그 덕에 앞으로의 작업이 아주 기대됩니다. 인터뷰에 응해 주셔서 진심으로 감사드립니다.

참고 문헌

1장   루시 모드 몽고메리, 『빨간 머리 앤』
L. M. Montgomery, *Anne of Green Gables*, New Canadian
Library, 1992.

2장   루이스 캐럴, 『이상한 나라의 앨리스』
Lewis Carroll, *Alice's Adventures in Wonderland and Through
the Looking Glass*, Penguin, 2001.

3장   에밀리 브론테, 『폭풍의 언덕』
Emily Brontë, *Wuthering Heights*, Bantam Classics; (1st
edition 1981), Bantam Books, 1983.

4장   에드거 앨런 포, 『어셔가의 몰락』
Edgar Allan Poe, *The Fall of the House of Usher and Other
Writings: Poems, Tales, Essays, and Reviews* (Penguin
Classics; Reissue), Penguin, 2003.

5장   제롬 데이비드 샐린저, 『호밀밭의 파수꾼』
J. D. Salinger, *The Catcher in the Rye*, Little, Brown and
Company, 1991.

6장 조지 버나드 쇼, 『피그말리온』
George Bernard Shaw, *Pygmalion* (Penguin Classics),
Penguin, 2000.

7장 버지니아 울프, 『등대로』
Virginia Woolf, *To the Lighthouse*, Penguin, 2000.

8장 제인 오스틴, 『오만과 편견』
Jane Austen, *Pride and Prejudice*, Penguin, 2005.

9장 그레이엄 그린, 『연애 사건의 종말』
Graham greene, *The End of the Affair* (Vintage Classics),
Vintage, 2004.

10장 마거릿 미첼, 『바람과 함께 사라지다』
Margaret Mitchell, *Gone with the Wind* (Reissue edition),
Scribner, 2011.

읽기로서의 번역
: 영어 명작소설 깊이 읽는 법

2020년 10월 4일   초판 1쇄 발행

지은이   **옮긴이**
고노스 유키코   김단비

펴낸이	**펴낸곳**	**등록**
조성웅	도서출판 유유	제406-2010-000032호(2010년 4월 2일)

주소
경기도 파주시 책향기로 337, 301-704 (우편번호 10884)

전화	**팩스**	**홈페이지**	**전자우편**
031-957-6869	0303-3444-4645	uupress.co.kr	uupress@gmail.com

페이스북	**트위터**	**인스타그램**
facebook.com	twitter.com	instagram.com
/uupress	/uu_press	/uupress

편집	**디자인**	**마케팅**
류현영, 사공영	이기준	송세영

제작	**인쇄**	**제책**	**물류**
제이오	(주)민언프린텍	(주)정문바인텍	책과일터

ISBN 979-11-89683-72-6 03800

이 도서의 국립중앙도서관 출판예정도서목록(CIP)은 서지정보유통지원시스템
홈페이지(seoji.nl.go.kr)와 국가자료공동목록시스템(nl.go.kr/kolisnet)에서
이용하실 수 있습니다.(CIP제어번호: CIP2020040003)

번역자를 위한 우리말 공부
한국어를 잘 이해하고 제대로 표현하는 법
이강룡 지음

외국어 실력을 키우는 번역 교재가
아니라 좋은 글을 판별하고 훌륭한
한국어 표현을 구사하는 태도를 길러
주는 문장 교재. 기술 문서만 다루다
보니 한국어 어휘 선택이나 문장 감각이
무뎌진 것 같다고 느끼는 현직 번역자,
외국어 구사 능력에 비해 한국어
표현력이 부족하다 여기는 통역사,
이제 막 번역이라는 세계에 발을 디딘
초보 번역자 그리고 수많은 번역서를
검토하고 원고의 질을 판단해야 하는
외서 편집자가 이 책의 독자다.

번역가 되는 법
두 언어와 동고동락하는 지식노동자로
살기 위하여
김택규 지음

전문 출판 번역가로서 20여 년간 살아온
저자가 번역가 지망생에게 들려주는
자신의 경험과 조언을 담은 안내서.
냉혹하다 싶을 정도로 출판 번역과
출판계의 환경을 점검하고, 그 안에서
번역가가 되기를 바라는 이가 할 수
있는 일과 해야 하는 일을 현실적으로
짚어 준다. 직업인으로서 번역가에게
필요한 실제 내용과 더불어 출판계에
갓 들어왔을 때 반드시 살펴야 할
실무까지 알차게 챙겼다.

번역청을 설립하라
한 인문학자의 역사적 알리바이
박상익 지음

서양사학자 박상익은 서양사를
공부하면서도 이 땅에 사는 한국인을
위해 서양사를 어떻게 공부하고
풀어내야 하는지 끊임없이 고민해 온
학자다. 저자는 12년 전 『번역은
반역인가』를 펴내면서 번역을 통한
한국어 콘텐츠 확충의 중요성에 대한
우리 사회의 무관심과 몰이해가 한국의
미래에 걸림돌이 될 거라고 주장하고
대안을 마련하자고 외쳐 왔다. 그 이후
유감스럽게도 이명박근혜 정권 10년을
포함한 기간 동안 한국 사회에서
아무도 번역 문제에 관심을 기울이지
않았고 현재도 아무런 변화가 없다.
이에 저자는 그사이 번역에 관해
발표한 글들을 묶어 책을 내기로 했고,
이를 통해 다시 한 번 한국어를 쓰는
공동체 구성원들에게 번역 문제에
관심을 가지고 대안을 마련하자고
촉구하기로 마음먹었다. 이 책은
그 결과물이며 번역을 통한 한국어
콘텐츠 확장을 위한 매니페스토다.